青海世居少数民族民间故事丛书

青海蒙古族民间故事精选

跃进　编

青海人民出版社

图书在版编目（CIP）数据

青海蒙古族民间故事精选 / 跃进编. -- 西宁：青海人民出版社，2015.1
（青海世居少数民族民间故事丛书）
ISBN 978-7-225-04889-5

Ⅰ. ①青… Ⅱ. ①跃… Ⅲ. ①蒙古族—民间故事—作品集—青海省 Ⅳ. ①I277.3

中国版本图书馆CIP数据核字(2015)第025295号

青海世居少数民族民间故事丛书
青海蒙古族民间故事精选
跃进 编

出 版 人　樊原成
出版发行　青海人民出版社有限责任公司
西宁市同仁路10号　邮政编码:810001　电话:(0971)6143426(总编室)
发行热线　(0971)6143516 / 6137731
印　　刷　陕西龙山海天艺术印务有限公司
经　　销　新华书店
开　　本　787mm × 1092mm　1/32
印　　张　6.875
字　　数　100千
版　　次　2015年5月第1版　2015年5月第1次印刷
书　　号　ISBN 978-7-225-04889-5
定　　价　20.00元

目录
CONTENTS

动物故事

精怪故事

生活故事

神话传说

人为什么不能飞

很久很久以前，人是有翅膀会飞的动物，他们是世界上最有实力、最残忍的动物之一。人除了能吃掉天上的飞禽外，还把地上的动物追得无处逃生。他们给活在世上的所有大小动物带来了很大的灾难。

这件事被吉雅其（蒙古语，出现在蒙古族神话传说中的一位神仙）神仙得知后，把人的翅膀切断并把他们的胫骨和肘骨切断弄成双层，叫他们去吃草。这样人再也飞不了，也跑不快了，动物也就生存下来了。可是，人的饭量胜过所有野牲，从来没有过饱的时候。这样过了一段时间，吉雅其神仙为了试探人的饭量，在一个山谷里放了一位带小孩儿的妇女，另一个山谷里放了一匹带驹的骒马。第二天过去察看时，母子俩把山谷的草连叶带根吃得光秃秃，并且还到放马的山谷去吃完了一大半草。

吉雅其神仙见了很吃惊，心想：人要是这样子吃下去，大地上还能留下什么植物呢？这还了得！这样，吉雅其神仙制止人吃草，并下旨令：人只能吃适量的粮食，教他们老老实实做人的道理。从此，人就不能吃草，也不能在天上飞了。

讲述者：龙纳尔其勒

搜集者：伊·古·曲力腾

翻译：跃进

此文选自伊·古·曲力腾编写的《八柴丹口承文丛》。2006 年 7 月内蒙古人民出版社出版。

少女和天神

很早以前，在一座大山脚下，住着一位老额吉[①]。她有一个美丽的女儿。母女俩相依为命，过着很艰难的生活。

额吉已经年老体弱了，她知道自己活不了多久，常常向摆在箱子上的泥菩萨磕头求愿：菩萨保佑！保佑我女儿找到一个好人家！

有一天，老额吉又跪在泥菩萨面前，磕了三个头，又祈祷：“菩萨保佑我女儿找到一个好人家！”正在这时，有个妖魔偷听了她的话，悄悄走到老额吉对面的蒙古包背后，大声说道：“老人家，你用心地听着！明天从东北方向，会来一个骑黑骡子的人，那是一个善良的人。你将女儿许配给他，他会使你的女儿永远幸福！”老额吉听后，以为是菩萨赐给她的圣明旨意，心里有说不出的高兴。

第二天，妖魔变成一个英俊的男子，骑着一匹黑骡子，从东北方向来到老额吉的蒙古包里。老额吉拿出仅有的一点儿好吃的东西，好好地招待了心爱的女儿和新“女婿”。然后，把女儿打

① 额吉：蒙古语，母亲、奶奶之意。

扮得很漂亮，送走了女儿。

那个新“女婿”没走多久，就现出了妖魔的原形。他用黑布蒙住姑娘的眼睛，把她带到一个无边无际的沙漠里。然后将她装进一个大木箱，埋在沙子里，又去寻找食物了。

那时候，有一位圣明的国王正在为王子选媳妇，可是一直没找到合适的姑娘。为这事，国王请来一位占卜师，请他算一算，该从何方去找儿媳妇。卦师占完卦后，很惊喜地对国王说：“尊敬的陛下，能做你儿媳妇的姑娘在这东边的大沙漠里，只有到那里射一箭才能找到她。”

国王一听，立即下令让王子领一批人马，到东边的大沙漠中去寻找姑娘。王子奉命带着人马来到沙漠之后，拉弓射箭，箭落地时，发出了“啪”的响声。大家赶忙跑过去，挖开沙子一看，箭插在一个大箱子上面。

王子拔出箭，挖出大箱子打开一看，里面有一位天仙似的姑娘，已经昏过去了。王子见了很高兴，把姑娘救了出来，然后又叫随从把路上捉来的一头大狮子放进那个箱子里锁好，埋在沙子里。

那贪心的妖魔，跑了三天三夜，没找到一点儿食物，垂头丧气地回到了埋箱子的地方，要吃姑娘。那妖魔刚打开箱子，箱子里憋疯了的狮子猛扑过来，妖魔还没弄清楚是怎么回事，就被狮子吃掉了。

王子领着姑娘回宫了，国王见了也很满意。王子和姑娘举行了婚礼，喜庆盛宴进行了三天三夜。

转眼之间，几年过去了。国王不幸去世，王子继承了王位，姑娘成了王后。有一天，年轻的国王突然提出要到姑娘家去看看。王后知道，过了这么长时间，老额吉肯定去世了，她哪里还有什么家呢？她不敢直说，只说道："国王陛下，我的家很远很远，我看还是不去为好！"可是年轻的国王很固执："亲爱的王后，无论怎么远，我也得去看看。"这下可难住她了。她想："如果那些宫内的大臣们听到堂堂的王后连个家都没有，那他们肯定会嘲笑我的。"她想来想去，最后想到了死。就对国王说："要去我家可以，但必须得答应我一个条件。走的时候，我要骑一匹头上没碰过套马绳，身边没靠近过人影的烈马！"国王没有多想，就答应了她的要求。

在起程的那天早晨，好几个骑手费了很大的劲，才抓住一匹从未挨过套马绳的烈马，打上三角绊，备好了鞍，牵到了王后的面前。王后心想：只要骑上这匹烈马，肯定会让马把自己摔死。但当她走到马跟前时，烈马突然变得温顺了，王后骑了上去，那烈马依旧很老实。只是它总是走到马队的前头。王后看不能达到目的，很懊丧地骑在马背上，便放松了马缰，任那马漫无目的地向前走，王子和几百名随从紧跟在她后面走。就这样，王后领着国王整整走了一天。当太阳偏西的时候，大家都很疲乏，便就地宿营了，他们宿营的附近有座悬崖。

晚上，大家都承受不住一天的疲乏，一躺下就睡熟了。只有王后没有睡着，她想到明天早上没法向国王交待，就悄悄溜出毡包，来到悬崖的顶上，准备跳崖自杀。就在她将要往下跳时，忽然觉得身后有人拉住了她。她回头一看，只看见一座大山，别的什么也没有。她也没有跳崖的心思了，只好回到毡包里睡觉去了。

这天晚上，王后做了一个梦，梦中她看见原先供在自己家里的那个泥菩萨突然出现在自己眼前。泥菩萨对她说："可怜的姑娘，你不必担心，也不要去寻死。你额吉虽然去世了，但是你的家依然还在。明天早上我派人迎接你们。当你看到一座银白色的宫殿时，你就对国王说："那就是我的家！"王后很惊奇，想要跪下给泥菩萨磕头时，就从睡梦中醒来了。

第二天早晨，大家又出发了。他们没走多远，许多骑着黄羊、山羊、梅花鹿的人整齐地排着队伍迎了上来。走在最前面的是一队骑白马穿白长袍的人，来到国王和王后面前，向他们躬身献上了洁白的哈达，并禀告国王：“我们是王后的家人，特来迎接国王和王后。”大家都很惊奇，只有王后心里明白。

一会儿，他们看到了一座银白色的宫殿，大家很高兴地来到宫殿中，王后领着国王去拜见泥菩萨。菩萨说：“这里也是你们的家，你们走了这么远的路一定累了。在这里住上三年吧？”王后和国王没有答应。菩萨又叫他们住三个月，他们仍没有答应。最后，菩萨要他们住上三天，国王和王后答应了。泥菩萨大摆宴席，盛情款待了他们三天三夜。

临行的那天早晨，菩萨对王后说：“以后你再也不要回来了，这次送你走后，我就要回到天上去，祝愿你幸福！”王后磕头谢恩。

王后离开泥菩萨，跟着国王上路了。走到山顶，王后转身一看，原来的银白色的宫殿已经消失了。再看天空时，菩萨、银白色的宫殿和迎送他们的人都站在一朵朵白云上，向空中升去。

王后再一次向白云磕了三个头后，才跟着国王回宫了。从此以后，人们开始崇拜菩萨了。

讲述者：道布加　男　蒙古族

搜集、翻译：跃进

搜集时间：1990 年冬

摇篮曲的传说

在很久以前，有兄妹两个，哥哥叫宝太买尔根，妹妹叫布尔根宝太。兄妹俩住在深山密林中，以狩猎为生。哥哥宝太买尔根每天去打猎，妹妹布尔根宝太在家干一些家务活。兄妹俩就这样日复一日，年复一年地过日子。

有一天，宝太买尔根又要出去打猎。临行前他叮嘱妹妹说："妹妹，你千万不要把火弄灭，千万不要到北边的山坡上去。"妹妹一一答应了，哥哥这才放心地走了。

哥哥买尔根走后，布尔根开始做起针线活来。她缝缝补补，忙来忙去，早已忘了往炉里添柴，等她发现时，火已经灭了。

她走出门，四处张望，可连一个人影也没见着。布尔根一时心急，忘了哥哥的叮嘱，跑到北边的山坡上去了。布尔根看见东北边的山沟里，有个小小的破帐篷正冒着缕缕炊烟。她心里想：干脆过去讨个火种吧，没有火，晚上哥哥回来会责怪我的。想罢就跑到破帐篷里去了，那顶帐篷里坐着一位白发老太婆。

布尔根上前问道："老奶奶，我家火灭了，请您给我点火种吧？”白发老太婆说：“可怜的姑娘，我不给你火种，还给谁火种，来！你敞开前襟。”布尔根敞开缝着七十层绸袍的前襟，盛着白发老太婆倒在里面的火种，即刻转身就往回跑，刚跑出破帐篷，前襟便被烧透了。等跑到自己家里时，灰从白发老太婆家门口撒到了自家门口，成了一条灰线。

再说那白发老太婆原来是个姆斯。[①]没过多久，她便顺着布尔根一路撒的灰来到布尔根家里，对她说：“看你头上有那么多虱子，来，我帮你捉头上的虱子。”她假装给布尔根捉虱子，却将一根粗铁针插进了布尔根耳朵里杀害了她。然后将她尸体放在床上，弄的像睡着的模样盖好被子就走了。（从那时起，蒙古人忌讳将炉灰到处乱倒乱撒，而形成了把炉灰倒在一个地方堆聚起来的习俗。）

买尔根打完猎回到家一看，妹妹已被姆斯害死了。买尔根怀着深仇大恨，寻着姆斯留下的足迹，来到她家，一箭杀死了姆斯。

替妹妹报了仇，回来后，买尔根在家里找不到地方安放妹妹的尸体，又不忍心放到野外去。这样他用杜松做了个大箱子，将妹妹用各色绸缎裹好，放在箱子里，就抬着箱子来到一座山脚

① 姆斯：蒙古语，即妖婆。

下，把箱子挂在一棵很大很茂盛的柏香树上。从那天起，买尔根每天出去打猎，便来到柏香树下悲伤地哭一场。

有一天，买尔根照例来到柏香树下时，发现妹妹的尸体连同箱子一起不见了。买尔根感到很奇怪，翻山越岭找了好多天，也没有找到她的踪影。

那时候，统管那一带的是个名叫哈日拉达的可汗。他有个儿子叫哈尔其尕买太。有一天，买太正在山中打猎，忽然看见一头野牦牛犄角上挂着一个用绳子捆着的大箱子站在前面。哈尔其尕买太很奇怪，他便搭箭射死了野牦牛。然后把箱子抬回去，交给了母亲。

买太的母亲心里想：这箱子里说不准有金银财宝。打开一看，里面却装的是一个天仙似的漂亮姑娘。买太的母亲一看这姑娘没了呼吸，可是面色一点也不像死人，倒像是睡着了。

皇后很奇怪：这是什么人的孩子，她是怎么了？为什么被装在箱子里呢？她慈爱地观察着姑娘。看着看着，她发现了姑娘的耳朵里插着一根粗铁针。

“这是怎么一回事？”皇后诧异着，让哈尔其尕买太将针拔了出来。针刚拔出来，箱子里的姑娘就醒了过来，揉着眼睛说：“我怎么睡了这么长时间？”

就这样，姑娘留在了买太家里，作了台吉[1]哈尔其尕买太的妻子，没多久，姑娘给台吉生了个可爱的小男孩。

皇后每天嘴里哼着：

“哈日拉达可汗的孙子乖乖，
哈尔其尕买太的小羔乖乖，
布尔根宝太的心肝乖乖，
宝太买尔根的外甥乖乖。”的歌哄小男孩。

有一天，买尔根路过可汗家门口，恰好碰上买太的母亲正在哄孩子，听到儿歌里出现自己的名字，买尔根很奇怪，便下马走进屋里问买太的母亲：“大娘你为什么唱这样的歌哄孩子呢？他是从哪儿来的孩子？”买太的母亲回答说：“这娃娃是我的孙子，他父亲有一次去打猎，把他母亲从一个挂在野牦牛犄角上的大箱子里救了出来，娶了她，才有了这宝贝的孩子。我每天叫着这娃娃的爷爷、父亲、母亲、舅舅的名字哄他。他爷爷叫哈日拉达汗，父亲叫哈尔其尕买太，母亲叫布尔根宝太，舅舅叫宝太买尔根。”

听了买太母亲的叙述，宝太买尔根激动地流着眼泪说：“嘿，宝太买尔根就是我。我妹妹还活着，这是多么好的消息！”就这样买尔根找到了

① 台吉：即太子。

妹妹，认了妹夫，从此过上了幸福美满的生活。

讲述者：杨吉力　女　62 岁　蒙古族牧民

搜集、翻译：跃进

搜集时间：1988 年 8 月

猎人和仙女

在很远很远的地方，有一位在深山老林里以狩猎为生的年轻小伙子，长得身强体壮，十分威武。但是，他的生活却很清贫，除了有一间破旧的木房和简单的餐具以外，只剩下四季不离身的大襟褂子和狩猎用的弓箭。

一天，晴空万里，红日高照。小伙子打猎到中午，忽然，狂风四起，乌云蔽日，雷鸣电闪，大雨倾盆。年轻的猎人仰天抱怨道："老天爷，你又是风又是雨，你也可怜可怜我们这些穷人吧！"无奈只能冒着大雨回家去了。

年轻的猎人刚一进门，就发现了一个奇怪的现象：靠墙角的地方，有一个黑影在闪动，他仔细一瞧，好像一个什么东西躺在那里，走到跟前一看，是一只发抖的小鹿。

年轻的猎人挽起袖子正要俯身去抱，小鹿一下跳起来，向他央求道："年轻的猎人，求你救救我的命吧！"猎人异常惊奇，呆呆地站在那里，直盯着小鹿，小鹿也没有再说一句话，只是望着他。

年轻的猎人越看越疑惑了。

“你要不说清这是怎么回事，我就要你的命！”年轻的猎人厉声吓唬道。

“我是天上的仙女，九月九日，我从天宫下凡来到此地，用圣水沐浴我的身体，看到人间如此美好幸福、欢乐自由，我十分留恋，不愿离去。因此，耽误了父王规定回归的日期，违犯了父命，父王一定会派天兵下凡，把我带回去问罪的。刚才那阵雷鸣电闪，狂风暴雨，就是他派的天兵来抓我的，我逃避不及，就变成了一只小鹿躲在这里。现在能救我命的除你以外再没有别人，求你大慈大悲，救救我的命吧！只要我能活着，我一定会报答你的。”小鹿失声痛哭，满脸热泪。

“你是天仙，不爱天国，偏要来到苦难的人间，真是奇哉怪哉！你若真是天上的仙女，就该显出你的真面目来。”年轻的猎人说道。

“天国虽然幸福，但是没有自由和平等的婚姻，我很不喜欢那个地方。”话音刚落，小鹿摇身变成了一个眉清目秀，窈窕多姿的少女，站在年轻的猎人面前。

看到此景，年轻的猎人又惊又喜，看着美貌的少女，不由得产生了爱慕之心。但是，他又一想：她既然能变化，说不定是个妖魔鬼怪什么的。想到这里，他心一狠，就要把她赶出门外。

仙女含着泪，取下自己手指上的金戒指，作为礼物送给年轻的猎人，说道："你也许会有用上我的时候，不管在什么时候，到什么地方，我都不会忘记你的。我是最小的天仙，你如果有事要找我的话，就在你的门前那颗高大的松树底下，种下一株葫芦，每天给它浇水三次，不论春夏，它都会生长的，一直长到顶天，那时，你就可以攀着它到天宫来。但是，无论你遇到什么困难，都要一心一意，坚持不懈，无论如何都不能灰心啊。"

仙女刚一离开年轻的猎人，天兵就把她抓走了。天兵带着仙女，腾云驾雾回到了天宫。年轻的猎人看到这种情况，才消除了之前的疑虑，急忙呼喊追赶，但是已经来不及了，他十分后悔地望着天空，痛哭起来。

年轻的猎人从那天以后，每每想起仙女，不禁潸然泪下，常常在梦中登上天宫和仙女相会，高兴得笑出声来。天长日久，他忧郁成疾，一片痴心，想上天宫与仙女相会，就按仙女那天离别时给他说的，在门前那颗最高的松树底下埋下了一粒葫芦种子，每天浇水三次，细心照料，葫芦果然很快地长出了地面，绕着松树直向上长，没几天，就长到了天宫。年轻的猎人十分高兴，背上自己的弓箭，戴上仙女送给他的戒指，攀着葫芦藤向天上攀登。他爬了不知多长时间，向左右环视，迷迷茫茫、无边无际，走进了一个奇特的世界。

年轻的猎人正在观赏奇景，幽思遐想，突然一阵雷鸣，一帮天兵冲到了他的跟前，你推我搡，就把他带到了玉皇大帝面前。不懂得天国王法的年轻猎人，也不知道向他们说些什么才对，就老老实实地告诉天兵说："我是来找仙女的。"不料竟闯下了大祸！玉皇大帝听到此话，怒气冲天，严厉斥责道："你这个穷乡僻野的粗鲁小人，竟然敢来找我的仙女，你这满口胡言的蠢驴！给我带下去，送进监牢等待处置！"

第二天，监牢的大门被打开了，玉皇大帝的一位侍女走了进来说："玉皇大帝有旨，在东北的心山顶上，有一只金凤凰，玉皇大帝要用它的蛋做成蛋汤，你务必在明日将它的蛋取来，献给玉皇大帝，不得违命！"年轻的猎人心里想：再凶恶的野兽也能被人驯服，玉皇的圣旨可叫我怎么办呢？他想了一会儿说：

"我遵照圣旨去办，但还缺少路上用的两样东西，一样是宽宽的边儿绣着花的大凉帽，一样是做铺盖用的大斗篷。诚望大人禀告玉皇。"

过了一会儿，侍女又跑来说："只要你遵从圣旨，所需之物，已经送来。"说着，就把那两件东西交给了年轻的猎人。

年轻的猎人把斗篷的边儿和凉帽的帽檐缝在一起，套在衣服的外面，拿着自己的弓箭向前走去，远远望见了东北角上的心山高耸入云，奇峰林立，他想起了仙女的话，要不畏艰险，一心一意，就鼓起勇气，向高峰攀登，突然一只像雄鹰似的金色大鸟飞来，掠去了他的凉帽和斗篷，像得到了食物似的高兴得呱呱直叫，向远方飞去。年轻的猎人趁机上去掏出了凤凰蛋，转身跑下山来返回天宫，献给了玉皇大帝，但他还是被关进了监牢里。

又一日，侍女跑来说："玉皇大帝做饭需要柴禾，你到西北的老林里拾一捆柴禾回来，不得违抗。"年轻的猎人一动不动地站在那里听着，然后要了一条捆柴的绳子，带上自己的铁弓和箭壶[①]，就出发了。

到了西北的老林里，他正在拣干柴枯枝，突然听到树上传来动静，他回头一看，一条张着血盆大口的大蟒，嗖地一下蹿了出来，他急忙放下柴禾，闪到一棵大树后面，拉开铁弓射出一箭，正好射中大蟒。他拉着这条死蟒，挑着柴禾，离开了这个危险之地，回到了天宫，交给了玉皇大帝，但他又被关进了监牢里。

不久，玉皇的侍女又跑来说："在天宫的东边

① 箭壶：古代装箭的器具。

有一间房子，今晚你到那里去休息。这是玉皇的圣旨，不得违抗！”随后又贴着年轻猎人的耳朵说：“我给你说件事，仙女说那间房子是个生祸作恶的地方。有一盘水磨和一盘火磨，火磨旋转，半夜就会起火，万物皆焚；要是水磨旋转，半夜就会洪水泛滥，冰冻三尺，万物皆被冻死。因此，你千万要留神，万万不得眨眼打盹儿，你一看火磨旋转，就去推转水磨，要是水磨旋转，就去推转火磨，水火相克，就可以消灾弭难。这是仙女特意让我转告你的，千万莫忘！”

年轻的猎人，遵奉玉皇的圣旨，来到了那间房子，按照仙女的指点，安然无恙地度过了一夜。天刚麻麻亮，玉皇大帝就起床了，叫侍女们快去收拾那个猎人的尸体。但是，侍女们进去一看，年轻的猎人平安无事，睡得十分香甜，急忙返回天宫向玉皇大帝禀告了此事。玉皇大帝一听，又惊又喜，暗自想了一番，就令侍女把年轻的猎人叫到跟前问话。

“我已经接受了你们这么多的考验，请你将小仙女嫁给我吧！”年轻的猎人对玉皇大帝说。

玉皇大帝说：“凡人的心是石头的，要把姑娘嫁给你，先得换了你的心！”

“只要你说话算数，我甘愿让你们换掉我的心！”年轻的猎人从容不迫地回答。随后，他又走出房间对侍女说："请告诉小仙女，让她不要操心。我两臂护在胸前，到玉皇大帝跟前，就说你们已经把我的心掏了！"接着，他贴着侍女的耳朵悄悄地说着什么，侍女点头称是。

过了一会儿，侍女抱着一个包裹，走进王宫，禀报玉皇大帝。玉皇大帝问道："把年轻猎人的心拿来了吗？拿来让我看看！"侍女就将那个包裹打开交给了她。玉皇大帝一看是一块石头，就半信半疑地问："就是这样一块普普通通的石头？你们这不是在欺骗我吗？你们取他的心的时候，为什么不叫我去看呢？"

"玉皇大帝息怒，小奴不敢欺骗陛下。取他的心是一件十分可怕的事情，我怕陛下受惊，就没有打扰您，小奴决无欺骗陛下之心。"

玉皇大帝一听也只好作罢，便将所有的仙女都叫到一起，对年轻的猎人说："你从中选出我最小的仙女做你的妻子，但是，你如果认错了，就是天无此缘，不能说我无情。"

年轻的猎人心里想：小仙女曾将自己的戒指送给了他，作为天命的象征，因此，只有小仙女的手上没有戒指，一眼便认得出来。想到这便坦然地答应了。

第二天，玉皇大帝将仙女全都叫在一起，让年轻的猎人前来挑选。仙女姐妹共十个，个个长得俊秀、窈窕，简直分不出彼此。年轻的猎人拿定主意，不看仙女们美丽的容貌，也不瞧仙女们的窈窕身姿，全神贯注看着每个人的手指。当他看到一个仙女的手上没有戒指，立刻断定：“这个仙女准是我的情人！”顺手一拉，说：“贤妹，跟我来！”仙女应声而去，跟着年轻的猎人走到玉皇大帝跟前，向他们行了告别礼，就一块儿离开天宫，来到了人间。

从那时起，年轻的猎人和仙女就永远住在人间，过着相亲相爱、自由欢乐的日子。

1956 年春，原西北民族学院文工团青海省海晏县籍 23 岁蒙古族演员刚青讲述，贾晞儒记录翻译。此文选自贾晞儒编《青海湖畔的传说》，1981 年 5 月青海人民出版社出版。

幻想故事

阿拉腾卓拉[1]的故事

很久以前，有一个叫宝尔乐[2]的可汗和一个叫查干[3]的可汗，因两家的领地相接，两人之间很是友好，相处得比亲兄弟还要好。

有一年两个可汗的夫人好像商量好了似的几乎同时有了身孕。两个可汗都感到惊喜，于是私下商量道：“如果两个夫人生的都是男孩，就让他们做兄弟，如果都是女孩就让她们做姐妹，如果是一男一女，就让他们做夫妻，我们俩人做亲家”。

两个可汗有了那个约定后不久，有一天，在一场很突然的天翻地覆的大地震之后，两家的领地之间突然长出了一座高耸入云，别说是人，就连飞鸟也难以逾越的大山，将原本情同手足的两个可汗分割开来，一个在大山的这边，一个在大山的那边，从此彼此就没有了音讯。

地震过后不久，宝尔乐汗的夫人生下了一个男孩，这个男孩很是与众不同，刚出生时用 70 张

---

① 阿拉腾卓拉：蒙古语，阿拉腾是金子，卓拉是佛灯，意即金佛灯。

② 宝尔乐：蒙古语，灰色。

③ 查干：蒙古语，白色。

羊羔皮缝了一个襁褓才能勉强包得住他。可汗给儿子取名为阿拉腾卓拉。

阿拉腾卓拉出生后的第三天便能讲话、自己穿衣服了。到了第七天他就长得跟大人一样高大，而且聪明能干，力大无穷。

有一天他对宝尔乐汗说："父汗，我现在要成家，给我找个媳妇吧！"可汗忧心重重地说："原来我和查干汗有约定，如果他夫人生的是女孩，我们两人就做亲家，可现在看来不大可能了。"阿拉腾卓拉忙问父亲："查干汗家在哪里？为什么不可能了？"父亲说："他们家在这座顶天的凤凰山的那边，而这座山是任何人都不可能逾越的，就算查干汗的夫人生的是女孩，你也没法娶她为妻啊。"阿拉腾卓拉听后说道："父汗，这没关系，现在你从马群里挑一匹好马给我，我要去查干汗家，如果他真有个公主，我就把她娶回来。"宝尔乐汗忙劝道："你还是个年幼的孩子，等过几年长大了再说吧！"可是阿拉腾卓拉怎么也不听劝，非要现在就去不可。可汗拗不过倔强的儿子，没法子，就打发牧马人把马群赶来了。

可汗的马群中有一匹全身长有金黄色毛发的俊马，此马性子极烈，除了自己的影子外从未让别的东西靠近过自己。阿拉腾卓拉一见到这马，便高兴得不得了，二话没说，便身手敏捷地钻进了马群，一把抓住金黄马的尾巴，猛一拉，就将狂奔的良驹定在原地不能动了，然后又一纵身便跳上了既没有马鞍也没有缰绳的马背。任那马怎么跳、怎么蹦、怎么狂奔，手握马鬃的阿拉腾卓拉就像粘在马背上了一样纹丝不动，看得可汗和可汗的骑士们目瞪口呆，连连称奇。就这样没过多久阿拉腾卓拉就将烈马驯服得服服贴贴了。

临行时宝尔乐汗背上乌黑的长枪，骑着自己的黑骏马将儿子送到了凤凰山脚下，将长枪交给儿子后，可汗独自回去了。阿拉腾卓拉离开父亲没走多远，突然从正前方窜出一只花斑大虎直向他扑来，阿拉腾卓拉丝毫没有胆怯，不慌不忙地取下父亲的长枪刚要瞄准时，老虎突然又变成了人，仔细一看竟是宝尔乐汗披着一张虎皮站在自己面前。阿拉腾卓拉很奇怪："您不是回去了吗？在这里干什么呀？"可汗很欣慰地笑道："我只是想试试你的胆量，现在我放心了，你上路吧，我回了。"说着便走了。

阿拉腾卓拉在凤凰山上找路，费了很大的劲，花了多半天时间都没能找到翻山的路。他很恼火，便拿出父亲的火枪开了一枪，在一阵震耳欲聋的回声中，只见山崩地裂，凤凰山在阿拉腾卓拉的面前让开了一条可供驼队和畜群通行的大道。

阿拉腾卓拉骑着金黄马翻过了凤凰山，继续赶路，走着走着来到了一座石崖下，他看到一个很奇怪的情形——崖下有七个孩子，一个在哭，一个在唱，一个在笑，其余的在玩。

阿拉腾卓拉上前问道："你们这是在干什么？为什么有哭有笑的啊？"这时其中一个回答说："我们是凤凰的孩子，我们的母亲每年都要出一次远门，毒蟒就趁母亲不在时来吃我们，哭的这个今天就要被吃掉，唱的这个明天要被吃掉，笑的这个后天要被吃掉"。阿拉腾卓拉问："那蟒蛇来时是怎样的情形啊？"其中一个回答："雨纷纷下，风瑟瑟吹时蟒蛇就会来。"阿拉腾卓拉说："你们不用怕，我来救你们。"说着备好了火枪和利剑，藏在一大块岩石后面等蟒蛇出现。没过多久，天突然阴了下来，伴着瑟瑟阴风和阵阵细雨，果然出现了一条上唇顶天，下唇支地的巨蟒，阿拉腾卓拉拿起火枪对准蛇头就是一枪，蟒蛇的头被打得粉碎，趴在地上死了。得救的凤凰幼鸟们高兴地围着阿拉腾卓拉七嘴八舌地道谢："你是我们的救命恩人，你先不要走，在这里等我们的妈妈回来，我们的妈妈一定会报答你对我们的大恩大德。"说着硬是拦着阿拉腾卓拉不让走。阿拉腾卓拉没法子，只好陪着凤凰的孩子们等凤凰。突然间天昏暗了下来，一只大鸟挥动着遮天蔽日的翅膀飞了过来，一口将阿拉腾卓拉连人带马吞进嘴里。原来是凤凰回来了，看到孩子身旁有陌生人，以为是来伤害他们的，便将他吞了。慌得七个孩子忙喊道："母亲啊，那可是我们的救命恩人啊。"凤凰听了又忙将阿拉腾卓拉连人带马吐了出来，并道歉说："谢谢你救了我的孩子们，我会报答你的，你这是要去哪里啊？"阿拉腾卓拉问："我在找查干汗家，你知道他家在哪里吗？"凤凰说："查干汗搬到大洋那边去了，我带你过去吧。"凤凰鸟将阿拉腾卓拉和坐骑一同放在背上，将他送到了大洋的对岸，并嘱咐他说："你回来时记得叫我，我会再来帮你。"说完就飞走了。

再说查干汗一家，自从凤凰山将他们和宝尔乐汗一家分开之后，他们也很是挂念宝尔乐汗一家，没过多久，查干汗的夫人生了一个女孩。说来也奇，小公主和阿拉腾卓拉一样，也长得很快，没几天功夫就长成了一个貌似天仙的大美女了。

有一天早晨，查干汗走出家门时，突然看到从北方来了一团闪着金光的东西，查干汗很奇怪，叫仆人去看，因为耀眼，仆人们也没能看出个名堂。当闪着金光的东西缓缓来到跟前时，查干汗这才看清原来是个骑着金黄马的英俊小伙子。查干汗问："你是谁，来这里干什么？"小伙子回答："我是宝尔乐汗的儿子，我叫阿拉腾卓拉，我是来迎娶您的公主的，您和父汗有过约定的。”查干汗听了，先是很高兴，紧紧抓着阿拉腾卓拉的右手，询问着他们一家的情况，后来又面有难色地说：“我们两家原本是有婚约的，可宝尔乐汗失去音讯已很长时间了，现在又有黑汗和黄汗的儿子来求亲了，我不能答应某一个，也不能拒绝另一个。现在看来只有一个办法，那就是你们三个得参加三项比赛，谁在比赛中获胜，我就将女儿许配给谁。”阿拉腾卓拉答应了。

查干汗有一匹种马，一头种牛，一只种羊。它们都力大无穷，性子暴烈，从不让生人靠近。宝尔乐汗的意思就是谁能驯服它们三个，谁就算赢，就可以娶公主为妻。

捉种羊比赛中，黑汗的儿子追了种羊一圈后，累趴下了；黄汗的儿子勉强追到了种羊，刚要抓时，就被种羊一蹄子踢翻了；轮到阿拉腾卓拉抓种羊，他只一下就抓着了种羊的后腿，倒提着它的后腿来到了查干汗的面前。

抓种牛时，黑汗的儿子怕被牛抵着，没敢靠近；黄汗的儿子被种牛抵了个四脚朝天；轮到阿拉腾卓拉时，他一跃便抓着了牛犄角，将它乖乖地牵到了查干汗的面前。

第三场比赛是抓种马。黑汗的儿子被踢翻在地；黄汗的儿子刚抓着马鬃，便被种马用鬃扫倒了；轮到阿拉腾卓拉时，他上前纵身跳上了马背，扭着种马的双耳，骑着种马来到了查干汗的面前。

就这样，查干汗遵守诺言将女儿许配给了赢了三项比赛的阿拉腾卓拉，喜庆的大宴摆了三天三夜。

查干汗要给女儿嫁妆时，女儿说："我只要牛犊、马驹和羊羔"，查干汗的牧民怎样隔也没隔开母畜和仔畜，只好将半数的马、牛、羊分给了女儿，阿拉腾卓拉和公主便赶着查干汗一半的牲畜上路了。

走了几天后，他们又来到了大洋岸边，阿拉腾卓拉对公主说："我很多天没睡觉了，很困，我现在要睡觉了，如果你有事却叫不醒我，你就用刀尖扎我胸口，我就会醒来。"说完就倒头大睡了。于是公主便放牧着成群的牛马羊，等着丈夫醒来。

阿拉腾卓拉睡着后的第三天，公主突然看到从他们后面追来了很多兵马，将他们团团围住了。原来是黄汗和黑汗的儿子因输给了阿拉腾卓拉，没能娶到公主，便怀恨在心，回去后带了兵马，联手来找阿拉腾卓拉复仇。看到大难临头，公主很害怕，却怎么叫也叫不醒阿拉腾卓拉，又不敢照阿拉腾卓拉说的那样用刀扎他的胸口。万般无奈之下，她只有双手合十，乞求苍天的保佑。公主的祈祷很灵验，突然间天空电闪雷鸣下起了冰雹，从天上掉下一块足有拳头大的冰雹，不偏不斜正好砸在阿拉腾卓拉的胸口上，这才打醒了阿拉腾卓拉。

阿拉腾卓拉醒来后看到把他们围得水泄不通的敌人，很不在乎地伸了伸懒腰，随后便和来犯的敌人撕杀起来，只杀得黄汗和黑汗的兵马血流成河，横尸遍野。两个王子见打不过，就带着幸存的残兵败将逃之夭夭了。

打败两个王子后，阿拉腾卓拉正在收拾四散的牲畜，凤凰就又挥动着遮天蔽日的翅膀来接他们了。凤凰将阿拉腾卓拉夫妇和所有的马牛羊放在背上，把他们送到了大洋的另一边。

告别了凤凰，阿拉腾卓拉和公主就赶着牛羊来到了久别的故土，快到家时，阿拉腾卓拉留下妻子赶牛羊，自己先去看家里是否平安。他用法术将彪悍的金黄马变成满背疮疤，一身锈毛的瘦黄马，再把自己变成拉着鼻涕，肮脏不堪的瘦小子来到了家里。到家后他才知道，原本给他们家放牛羊的七个仆人，侵占了他们家的牛羊、财产，并将宝尔乐汗夫妇当作奴隶使唤，让他们放牛羊。

阿拉腾卓拉为仆人的背叛而愤怒，更心疼受苦受难的父母，就跳进羊群里宰了一只肥大的羯羊，煮好肉后，去叫父母来喝汤吃肉。父母没能认出儿子：“你是哪里来的这样任性的孩子啊，你现在宰了一只大羯羊，让我们如何交待啊，他们一定会打死我们的。”说着哭了起来。阿拉腾卓拉说：“老人家，你不要哭，在这青黄不接的时刻也该喝点肉汤补补劳累的身体了。”说着捞出煮好的肉，将自己的佩刀递给父亲，宝尔乐汗看了说：“这多像我儿子的刀啊，你是怎么得到的啊？”阿拉腾卓拉说：“我是在凤凰山脚下捡到的。”又用自己的银碗盛了一碗肉汤，让母亲喝，母亲见了说：“这多像我儿子的碗，孩子你是怎么得到的啊？”阿拉腾卓拉说：“我是在大洋边捡到的。”听了这话，母亲伤心得前俯碰破了额头，后仰撞烂了脑勺，哭着说：“看来我的儿子已不在人间了啊。”阿拉腾卓拉扶起母亲说：“额吉，额吉，你不要伤心，你儿子娶了查干汗的女儿，正在往回赶。现在我的背上痒得不行，麻烦你替我挠挠吧。”额吉掀起阿拉腾卓拉的衣服，要给他挠痒时，看到阿拉腾卓拉背上有一颗大黑痣，痣上还发出像佛灯一样的光，这是阿拉腾卓拉的胎记，做父母的怎能不认识啊，老两口这才知道眼前的小伙子便是他们朝思暮想的儿子。于是一家人抱成一团哭了一场。然后宝尔乐汗才将阿拉腾卓拉走后，七个仆人强占了他们的牛羊及家产并折磨他们的事，原原本本地告诉了儿子。阿拉腾卓拉说："你们再坚持半天吧，我去接媳妇，明天早晨回来了再收拾他们。"说完便去接公主了，阿拉腾卓拉走后，宝尔乐汗骑着马在大帐前边跑边喊："七个仆人的太阳落了，宝尔乐老汉的太阳升了。"听了这话，七个仆人知道阿拉腾卓拉回来了，一个个吓得屁滚尿流，知道只有死路一条，有的跳崖，有的跳河死了。当第二天早晨阿拉腾卓拉赶着成群的牛羊领着美丽的新娘回到家时，七个忘恩负义的仆人早死了，父母已经回到家中。

就这样阿拉腾卓拉和家人团聚，又将赶来的牛羊合了群，一家人从此过上了美满幸福的生活。

讲述者：花木措　女　38岁　海晏县托勒乡德州村人

搜集：跃进

翻译：道布加

搜集时间：2006年6月20日

九兄弟

很久很久以前，在宝尔哈图山[1]的岩洞里，住着一位名叫金格丽的老额吉。她孤身一人生活在深山中，靠摘采野果度日。她常常虔诚地跪在佛像前，祈祷神灵保佑，祈祷有个孩子。

有一天，金格丽额吉生下了一个玻璃蛋。她失望地说："我怎么生了这样一个东西。"就把它扔在了乱石堆里。不幸接连九天她生了九个玻璃蛋，额吉将玻璃蛋全倒在山岩脚下了。

忽然有一天，放在乱石堆中的玻璃蛋里钻出一个男孩子，嘴里喊着"额吉，额吉——！"跑进山洞。金格丽额吉一见孩子，又惊又喜，抱在自己怀里，兴奋地流出了眼泪。她把剩下的八个玻璃蛋又拿回山洞，裹在树叶里，到第九天时钻出了八个儿子。

从此，冷清的山洞热闹起来，金格丽额吉和九个儿子过得很快乐。这样过了好多年后，九个儿子个个都长成身强体壮的大汉了。

有一天，九个儿子对额吉说："额吉，我们九个不能老这样待在您身边。我们已经长大了，该

---

① 宝尔哈图山：佛山之意。

去学学本领了。”金格丽额吉听了儿子们的话，十分高兴地说：“说得对，你们九个去九个方向，学回来九种本领。”九个儿子便照额吉的吩咐去了九个方向。

孩子们走后，有一天从天上掉下来一条一庹长的黄带书和一支金色的沉香木弓箭。金格丽额吉把这两件东西放在枕头底下，小心收藏起来。

九年后的一天，老大回来了。额吉问他：“你学到了什么本领？”他说：“我学的是将天书从头到尾，从尾到头攻读的本领。”

此后接连八天，八个儿子都回来了。金格丽额吉一一问他们学的本领。老二学的是把从天上掉下来的磐石在落地之前能射成碎屑的本领；老三学的是会辨认蜘蛛爬过十年，毛虫走过二十年后的印迹的觅迹本领；老四学的吞江倒海之术；老五学的是在浓雾阴沉的日子，能清清楚楚地看到卧在大山背后的小虱子的千里眼；老六学的是能攫取天上掉下来的牛磐石的本领；老七学的是盗窃的本领；老八学的是眨眼的功夫能盖起密闭无缝的生铁房子的本领，老九学的是能钻地，又能上天的本领。

金格丽额吉听了儿子们所学到的本领，心里非常高兴，连连点头称赞。

不久，金格丽额吉由于年老多病卧床不起

了。有一天，她叫来九个儿子嘱咐道：“我已经不行了，说不定哪天去世，你们就把我的尸体安葬在西边的青山洞里，念玛尼[1]做塔形佛像。然后你们去发挥各自的本领，给百姓们行善除害去吧！”第二天晚上金格丽额吉就去世了。

九个儿子按着额吉的遗嘱，将尸体安葬在西边的青山洞里，念了十万个玛尼，做了十万个塔形佛像。并把那座山洞起名为“本巴图山洞。”[2]九个儿子料理完额吉的后事，回到家里，收拾额吉的床铺被褥时，枕头底下露出了一庹长的黄带书和金色的沉香木弓箭。这时，会读天书的老大忙打开一看，上面写着：天帝的玛奴胡丽公主被魔鸟大鹏抢走了。你们九位勇士无论如何要解救公主。

众兄弟接到天帝之令，决心为天帝效劳。这时能觅迹的老三挺身而出：“跟我来！”说着就领着大家赶路了。他们踏上蜘蛛爬过十年，毛虫走过二十年后的迹印，跟踪追捕那魔鸟大鹏。不久，九兄弟来到了一片无边无际的大海边，大海挡住了他们的去路。

这时能吞江倒海的老四挺身而出：“看看我的吧！”说罢就一口吞掉了海水，大家平平安安地

① 玛尼：藏语，佛经。
② 本巴图山洞：意为有坟墓的山洞。

过了大海。

九兄弟继续追踪，来到一座顶天的大黑山脚下，黑山顶上浓雾环绕，什么也看不清。这时千里眼老五静视了一会儿说：“看清了，大鹏在右翅中间夹着玛奴胡丽公主，卧在黑山顶上。”有盗窃本领的老七听了急忙说：“你们在这里等候，我去把公主偷回来。”

老七登上山顶后，在大鹏的翅膀间夹了一根喜鹊的羽翎，把玛奴胡丽公主偷了过来。这时魔鸟大鹏发现了，它长吼一声，展翅腾空，直扑向九兄弟。它的双翅掀起的巨大的风，直搅得天昏地暗，使人无法抬头睁眼。大鹏趁机又抢走了玛奴胡丽公主，把她放在左翅膀上飞向天空。众兄弟十分焦急。这时，神箭手老二弯弓搭箭，射断了大鹏的翅膀，玛奴胡丽公主掉落下来。这一刹那，能攫取牛磐石的老六腾空而起，接住了公主。正当九兄弟急忙赶路时，折断了一只翅膀的魔鸟大鹏，疾走如飞，追了上来。老八眨眼间盖起密闭的生铁大房，大家坐在里面。魔鸟大鹏追上来卧在房顶上等他们出来。

在这危急的时刻，老九对众兄说：“看我的！你们闭着眼睛坐好！”说着，他施展了钻地上天法。大家只觉得身子突然沉下去，又听到“嗖嗖的”风声，不一会儿便到了天宫。

天帝一见自己心爱的公主已被解救，高兴地用丰盛的酒宴热情招待了九兄弟。为了酬劳他们，天帝给九兄弟赠送了九个银光闪闪的盔帽，九匹雪白的天马。并赐给他们“达拉其德克”[①]的称号。九兄弟回到人间后，发挥各自的本领，为黎民百姓行善除害，使人们过上了好日子，受到人们的尊敬。

讲述者：达日罕　78 岁　男　蒙古族牧民　格尔木市乌图美仁乡察汉乌苏村人

搜集：毛卫红　苏荣

翻译：乌云毕力格

搜集时间：1982 年

① 达拉其德克：旧时军中官衔之一。

玉辫娃当可汗

很久以前，一位老额吉有个长着玉石辫子的儿子。还有跟玉辫娃年岁、长相一样的使唤娃，他是在额吉家干活的。

玉辫娃是一位聪明能干，通晓事理的人。那时，有位可汗的儿子被一个妖魔抢去了。可汗没法子就派人叫玉辫娃来，想让他当自己的女婿，解除他的烦恼。

玉辫娃和使唤娃要去可汗的家里，临行时老额吉递给玉辫娃一个牛脬子，吩咐道："你把它带在身上，什么时候也别丢掉它，它会对你有用的。"

玉辫娃带着使唤娃上路了。在途中他俩碰到一只旱獭，就追了过去，那只旱獭钻进洞里去了。他俩来到洞口，玉辫娃问使唤娃："我俩谁钻进洞去捉旱獭呢？"使唤娃说道："你平时劳动少，筋骨很软。我常干重活，筋骨很硬，钻不进去。还是你钻进去比我容易一些！"玉辫娃觉得他说的也有道理，便脱下衣服，带着牛脬子钻进旱獭洞里去了。

玉辫娃一进洞，使唤娃就起了歹心，他在洞

口点着柴火放了烟，穿上玉辫娃的衣裳，装扮成玉辫娃，去见可汗。可汗信以为真，就将大女儿许配给他，让他留在自己的家里。

话说回来，玉辫娃钻进洞后，正走着，看见一位喇嘛数着念珠坐在前面。玉辫娃问喇嘛：“你看见一只旱獭了没有？”喇嘛说：“你找的旱獭就是我，你害生灵的命，对你有什么益处？我告诉你！你的使唤娃对你施了毒计，他已经走了，现在你将你额吉给你的牛脬子叼在嘴里，赶快出洞去。”听了喇嘛的话，玉辫娃感到很惊奇，刚转过身，看见一股浓烟从洞口滚滚向他涌来。玉辫娃按照喇嘛的吩咐，吹足牛脬子，叼在嘴上，用脬子里的气来呼吸，冲出了洞口。洞口除了使唤娃的破衣服外什么也没有。

玉辫娃只好穿上使唤娃的破衣裳，来到可汗家里，对可汗说：“我在你家放牛犊行吗？”可汗答应了。玉辫娃就这样当了可汗家的放牛娃。

这位可汗有三个公主。大公主有一头金色犏乳牛，二公主有一头银色犏乳牛，小公主有一头铜色犏乳牛。三头乳牛每年都生牛犊，可是牛犊刚生下，就要被宰掉。

有一天早晨，大公主的金色犏乳牛生了犊，大公主叫来玉辫娃说：“把这头牛犊给我宰了！”玉辫娃说：“你让我宰了这头牛犊，对你有一千个罪孽，自己宰了它，只有一个罪孽。割断尾巴宰它，有一百个罪孽，割断脖子宰它，有一个罪孽。”听完这话，大公主说：“不背一个罪孽，谁肯去背一百个，一千个罪孽呢？”说罢就自己动手，割断了小牛犊的脖子。

第二天早晨，二公主的银色犏乳牛生了牛犊。二公主又叫玉辫娃宰牛犊，玉辫娃重复了给大公主说的话。二公主便自己动手，用割断脖子的方法宰了那头小牛犊。

到了第三天早晨，小公主的铜色犏乳牛生了小牛犊。小公主也叫玉辫娃去宰牛犊，玉辫娃又重复说了给大公主和和二公主说的话。

小公主说：“我自从懂事以来，还没听说过女人宰牛的事。要宰你宰它，不宰那就算了吧！”玉辫娃也没去宰它，小牛犊就幸存了下来。

有一天早上，三位公主挤完奶，向天空祭洒牛奶，祷告说：“愿苍天保佑，让玉辫娃成功，早点救救我们的哥哥！”三位公主洒的牛奶，全落在放牛犊的玉辫娃身上了。

玉辫娃故意装出很奇怪的样子，问三位公主：“你们祷告的是玉辫娃，可是你们洒的牛奶，怎么都落在我这个放牛娃的身上呢？”大公主和二公主听了满不在乎地说：“谁知道是怎么回事。”而小公主听了，却感到很奇怪，她说：“你不会是真正的玉辫娃吧？！”玉辫娃听了沉默无言地坐在原地一动不动。

从那天开始，小公主常对可汗说：“我要和放牛娃结婚。”可汗听后很气愤，斥责女儿说：“你是可汗的公主，怎么能嫁给一个贫穷的放牛娃呢？如果你真想要嫁给放牛娃，那你就从我的家里滚出去！”小公主不在乎父汗的话，嫁给了放牛娃。可汗给了他俩一顶破旧的毡包和一匹瘸腿的白马，把他们赶到城外去了。

一天，可汗对大女婿下令道：“你去从妖魔手里，把我的儿子救出来。”小公主听说了此事，回到家里告诉了玉辫娃，玉辫娃说：“如果这样，那我俩也跟着去，你先去告诉父汗一声吧！”小公主便告诉了父汗。可汗问女儿：“你俩没坐骑怎么走？反而是他们的累赘！如果你们真想去的话，路上吃的你俩自己拿上。”

第二天早上，可汗给了大女婿成驮成驮的食物和一只懂人话的哈巴狗，还派了随从的骑兵几百人护送他起程。而玉辫娃和小公主带着瘸腿的白马和仅有的一点食物，跟在他们的后面上路了。

大女婿的人马来到一条河面被冰封的河边，没法子过去，就在河岸宿营了。晚上大女婿对哈巴狗说：“你去悄悄地偷听，他俩要怎么走过冰面！”哈巴狗摸到玉辫娃的破帐篷外偷听，听见玉辫娃对妻子说：“我们俩不揽一衣襟土，就过不了河。而姐夫他们有那么多面粉，撒在冰上就很容易过去了。”哈巴狗跑回去将听到的话全告诉了大女婿。大女婿听了觉得有道理。第二天，大女婿在冰上撒了许多面粉才过了河。玉辫娃和妻子从后面赶快将撒在冰上的面粉扫起来扬净，驮在瘸腿的白马上就走了。

走了一阵之后，大家停下休息了。大女婿又派哈巴狗去偷听他俩在说什么。哈巴狗偷听时，玉辫娃对妻子说：“再往前走，会到一个干旱地带，姐夫他们兵马多，到了那里，骑马分头找水，很容易就找到水喝的。可我俩要不驮点水去，到了那里就找不着水喝。”哈巴狗回去告诉了大女婿。大女婿听了觉得有理，没有驮水就出发了。

又走了一天，果真来到一个干旱的地方。玉辫娃夫妻俩就用驮来的水烧茶做饭吃。而大女婿派人到处找水，结果没找到一滴水，口又干，又饿着肚子就宿营了。晚上，大女婿又叫哈巴狗去偷听他俩的话。这时，玉辫娃对妻子说：“明天我们到的那个地方，连一块羊粪大的石头也没有，我俩从这儿驮上三块石头去支锅做饭。他们人多，用膝盖支锅也能烧茶喝！”哈巴狗回去又把此事告诉了大女婿。

第二天，他们的确走到了那个无石的地方。

玉辫娃夫妻俩就拿出带来的三块石头，放在地上支锅做饭。可是大女婿的兵都烧伤了膝盖，茶也没有烧开，又空着肚子住下了。晚上大女婿又派哈巴狗去偷听。哈巴狗回来告诉大女婿说：“玉辫娃对妻子说，现在他们已经到了妖魔住的地方。明天走到一座大山崖脚下时，从崖上会跑出来一只黑狐狸，那就是你哥哥。我们人多马壮，一定会轻易地抓住它，他俩只得空手回去。”大女婿听罢心里暗暗高兴。

第二天，他们走到山崖下时，果真有一只黑狐狸跑了出来。大女婿下令：“兵马从三面包围，活捉住它。”他们从三面拼命围着追逐，终于抓住了黑狐狸，然后用绸缎裹上，很小心地将黑狐狸带回去了。

他们走后，玉辫娃笑着对妻子说：“我把使唤娃他们骗了，你哥哥在山上给妖魔放牧呢。”他接着嘱咐妻子说：“明天早晨，我把妖魔的鹿群赶来，哥哥会骑着鹿来，你悄悄过去抓住他。”

第二天早晨，玉辫娃赶来了一群母鹿，太子果真骑着一头白脸大公鹿来了。公主一见哥哥高兴地叫了声“哥哥！”跑过去，但是哥哥骑的鹿却带着他逃得无影无踪了。玉辫娃责怪妻子说：“唉！你怎么出声了，明天早上你千万不要再出声，一定要抓住他！”

一天后，玉辫娃赶来了一群羚羊，太子骑着一只大羚羊又来了。公主悄悄过去，抓住了哥哥，又喊道："哎呀！快来！"她刚出声，羚羊就挣脱她的手，背着太子又跑了。

第二天早晨，玉辫娃对妻子叮咛道："我再去一趟，这次你无论如何也不能出声，这是最后的机会，如果这次让他跑了，那永远也找不着你哥哥了！"玉辫娃没走多久，赶来了一群黄羊，太子骑着一只肥大的黄羊来了。公主这次悄悄地摸过去抓住了哥哥。这次她没有出声，等玉辫娃过来，俩人一起抓住哥哥的手，他便摔倒在地上了。过了一会儿，太子才清醒过来说："啊呀！我怎么睡了这么长时间？"他们三个在那里住了一晚，第二天就起程回家去了。

快到家时，玉辫娃对妻子说："你先走一步，想个办法把那只狐狸放走。不然妖魔以后还会来害我们的。如果父汗问起，你就对父汗说你准备宴席吧，这只狐狸不是哥哥，我已经把哥哥领来了。"嘱咐完，让妻子先走了。

三公主回来后，一直走到关狐狸的帐篷门口，说要进去看看哥哥，可家里人不让进。三公主请求他们说："好说歹说，我也是他的亲妹妹，我要见见哥哥，你们就让我看他一眼吧！"可汗还是不答应。夫人说："她不管怎样，也是我们的女儿呀，就让她进去见见哥哥吧。”这才让小公主进去了。

小公主进去后，赶快放走了狐狸。这可把可汗给气坏了，他大声骂道：“把这个贼丫头拉出去给我杀了！”小公主毫不在乎地说：“你们不要忙着杀我，黑狐狸不是我哥哥，真哥哥随后就到，你们先准备好酒宴吧！明天早上我就把哥哥领回来。”说罢就走了。

第二天早晨，小公主和玉辫娃真的领着太子来了。可汗这才将发生的事情一件一件都弄清楚了。当可汗知道了事情的前因后果，就杀死了假玉辫娃，还把皇位让给了真玉辫娃，宫内外欢庆了三七二十一天。

从此，玉辫娃和百姓们过上了幸福安定的生活。

讲述者：道力玛　女　40 岁　蒙古族牧民

乌兰县赛什克乡卜浪沟人

搜集、翻译：跃进

搜集时间：1988 年 9 月

羔皮姑娘

很久以前，有一个小伙子，养着七匹青色的马。他住在一顶摇摇晃晃的破毡包里，晴天，外面火辣辣的阳光直射到里面；雨天，风雨直往毡包里灌。

有一天，他的七匹马都被恶狼咬死了，他爬在马尸上哭呀哭，心想：我这么穷，就连野兽都欺负我呀。他决心要杀掉恶狼，就拿上枪弹，到处去寻找狼了，但没有找到。这天，他趴在一个路口上瞅着，这时候来了个骑着黑跛马的尕娃，见他趴在地上，就问："你趴在这里要打我吗？"他说："我不打你，我要打狼。"尕娃不信，硬说他是要打人，跳下马来，把他打了一顿。

小伙子无缘无故地挨了一顿打，很伤心。这时在他的左前方一个像风又像海浪的白色东西朝他走来，到了跟前，原来是一位白发老人，骑着个白犏牛。老人对他说："今天总算把你找到了。"他问老人："你找我干啥？"老人说："我是龙王的使者，龙王要把你请到龙宫。"老人说："龙王免受了天王降给的罪，他打死你的七匹青马献给天王。你对龙王有恩，他要请你去做客。"他又指着自己的白犏牛说：“你坐在我后面，我带你去。”他听了老人的话后就和老人骑着犏牛进了大海。老人对他说：“在龙宫里，你要是遇到一条在黑花毯子上盘卧的黑花蛇和一条在紫色毯子上盘卧的棕色蛇，你不要怕，悄悄走到跟前，向黑花蛇说：‘龙王，你好！’对棕色蛇说：‘向皇后请安。’接着，你要上一座三十三层的山，这个山上，有三十三个头像野兽的大臣，你不要怕，也向他们请安。”他记住了老人的话。两人快到龙宫的时候，老人又说：“龙王要感谢你的时候，会给你金银财宝，你啥都不要拿，只要一张花羊羔皮。”他点头答应了。

来到龙宫，真像老人所说的一样，他碰见了黑花蛇、棕色蛇和三十三个兽面大臣，他一一请安问好。这时，黑花蛇和棕色蛇变成了龙王和皇后，兽面大臣们也变成了人样。龙王说：“你帮了我们的大忙，是我们的大恩人。为了感谢你的大恩大德，我们要摆三年的宴席。”小伙子说：“三年太长了。”“那我们摆三个月的宴席。”“三个月也太长了。”小伙子还是摇头。龙王只好说：“那就三天吧。”小伙子答应了。三天里，龙王摆了宴席，大家欢欢喜喜地招待小伙子。三天以后，龙王问：“大恩人，你是要牛驮的金子，还是要马车拉的银子？”伙子说：“我不要金、也不要银，你真想给我送东西，我就要一张不大不小的中等的花羊羔皮。”龙王转身与皇后商量，说着说着他俩偷偷地哭了，但转身却对小伙子笑着说：“你对我们有大恩，我们只好给你。”小伙子拿了羊羔皮，白胡子老人把他送出海面。

小伙子出了海，到处转着、走着。他有点后悔了，心想：“龙王对我那么好，我真傻，给金子我不要，给银子又没有拿，听了老人的话，只拿了张羊羔皮。这有啥用，吃不能吃，喝不能喝。我的命真苦啊！”想着想着就睡着了。梦中他听见有一个女子说话的声音，醒来一看，有个漂亮的姑娘为他做好饭，他身旁还拴着一匹黑马。再仔细看时姑娘却不见了，他吃了饭又睡着了。梦中听到姑娘在叫他：“快起来，你的马已经备好了鞍子，该回家了。”他坐起来一看，没有见到人影，却见黑马已备好了马鞍，就骑上黑马回家了。

小伙子回家以后，每天出去打猎。早上醒来，早就有人给他做好了饭，晚上回来，也有热腾腾的饭盛在那里，他心里很纳闷。有一天，他打猎回来得早，到毡包跟前，见里边冒着炊烟，走到门口往里一瞅，有个姑娘正在烧茶。他想，姑娘肯定是从羔皮里出来的，他跳进去拿起羔皮，扔进火里烧了。随着浓烟冒起，天空中出现了由十八种颜色组成的彩虹。烧茶的姑娘对他说："我们见面的时候本来还没有到，你这么着急会遇灾难的。"后来俩人结成夫妻，过起了日子。

有一天，小两口住的毡包左前方，来了两个骑着枣骝马的黑脸人，他俩的眼窝深陷。妻子对男人说："他俩来了你倒茶，我到外面炒麦子去，你不要叫我。"说完就出去了，还把脸用灰油抹黑了。客人坐下一会儿，茶开了，男的大声叫女的："快给客人倒茶！"女的没有办法，只好进门给客人倒茶。茶水的热气把她脸上的灰油蒸湿了，灰油掉光了，现出了她漂亮的脸蛋。那两个客人的目光被吸引住了，怎么看也看不够。俩人一直舍不得走，整整坐了一天，耽误了要干的事情。到了晚上，两个客人着急了，对主人说："我俩是奉可汗的命令，出来打野鸭子的。今天在你们家里呆了一天，没有完成可汗安排的任务。这样回去，可汗会杀了我俩。"姑娘一想，人家有了难，就应该帮助，就用面捏了两只野鸭子，烤熟了让他俩拿走。

两个人拿着面鸭子来到了可汗的跟前，献上面鸭子。这个可汗是南赡部洲的大汗，他吃了面鸭子，觉得很香，就叫那两个人再去打。两人吓得不敢答应，可汗问："这两个鸭子是哪里来的，你俩要老实回话，不然的话，我要砍掉你俩的脑袋。”两人没有办法，只好如实地说出了面鸭子的来历。可汗听了，一定要娶回龙女当妃子，叫手下的大臣们去抢。大臣们来到小两口跟前，就要抢女的。女的说：“你们怎么能随便抢人，要我当可汗的妃子，有个条件。请你们跟我的丈夫比本事，你们赢了，我就跟你们走，如果输了，就不要妄想了。”领头的大臣说：“行！明天我们捉迷藏赌输赢。让你的丈夫藏起来，我们找到了算你俩输，找不着，算我们输。”

这天，可汗领着队伍，找了整整一天也没有找到。第二天又找了一天还是没有找到。到了第三天，还是找了整整一天没有找到，可汗心里很不高兴。原来，头一天，龙女把丈夫变成蚂蚁，藏在鼻烟壶里。第二天，在火盆底下挖了个洞，叫丈夫躲在洞里面。第三天，让丈夫藏在了炒麦子用的搅棍的毡缝里。

可汗的大臣们不服气，对小两口说：“明天开始，我们的可汗藏起来，你俩来找。”小两口答应了。晚上妻子对丈夫说：“明天，你先装出认真寻找的样子，到处找一找，找上半天后，到宫殿里，晃三下身子，可汗就会出来。”第二天天亮后，小伙子到可汗住的地方，照妻子的话，先装出很认真寻找的样子找了半天，接着他说：“找了半天还找不到，我到宫殿看看再说。”到宫殿里，他到处找了一会儿，就晃了三下身子。可汗跳出来说："你想把我的宫殿晃倒吗？"小伙子对可汗说："我找到了你，你输了。"可汗只好认输，叫他明天再来找。小伙子回家一说，妻子教他："你像今天一样，先乱找半天，然后拿起可汗的金筷子，装出要折断的样子，可汗就会出来。"第二天，小伙子照妻子说的去做，当他装出折断金筷子的样子的时候，可汗从藏身的地方跑出来喊道："快把金筷子放下。"小伙对可汗说："我又赢了，你还有啥说的？"可汗说："还得再来一次。"

第三天，可汗得意地说："你用酥油盖满须弥山，我用草木盖，谁先盖住，谁就赢了。"小伙子又气又急，只好回到家里告诉了妻子。妻子想了半天说："这回我也没办法了，只好求父王和母后了。她让丈夫跪下，朝天叩三个头，对天空说了自己的难处，请求父王和母后帮忙。小伙子刚说完，从天上掉下来了四根木头，架在了须弥山上。到了第二天，须弥山上盖满了雪白的奶子和黄橙橙的酥油，可汗却连一根草木也没盖上。可汗又赖着说："你我用军队把须弥山围住，谁先围住谁就算胜了。"小伙子回去又告诉了妻子，妻子叫他向父王、母后求援。小伙子又向天空叩头、祷告。一会儿，从天空掉下来了一个铁匣子，落在须弥山下，到了第二天，小伙子打开铁匣子，从里面跳出来了数不完的军队，把可汗和他的军队全杀光了。从此，小两口才过上了幸福安宁的日子。

讲述者：苏克　男　43岁　蒙古族　海西州福利厂按摩大夫

搜集、翻译：才仁巴力　李存福

搜集时间：1984年11月

神鸽子头的故事

从前有弟兄俩，随母亲和继父一起过日子。

有一天早晨，继父对妻子说："我今天要出去打猎，你把我们的那只青鸽子杀了，囫囵地给我煮好。千万不要把头割掉。"说完便骑马出门了。

弟兄俩也跟往常一样，赶着牛群放牧去了。下午，有几头牛离开牛群往家跑。哥哥对弟弟说："时间还早呢，你快去把那几头牛赶回来，不然的话，继父要打我俩哩。"

弟弟从家门前赶回牛时，继父也打猎回来了。弟弟急急忙忙把牛赶来合了群，对哥哥说："我走到家门前时，家里飘来诱人的香味。进门一看，原来母亲宰了那只鸽子煮在锅里。我真想全吃掉，但没有敢吃，只吃了它的头。"

哥哥听了吃了一惊说："你吃它干什么？继父临走时对母亲说要囫囵地煮好，千万不要割掉它的头！这中间肯定有秘密，现在大祸就要降临了。"

晚上，他俩赶回牛群。哥哥轻手轻脚地走到帐篷跟前偷听，继父正气恼地训斥母亲："我叫你把鸽子囫囵煮好，可是头怎么不见了呢？"

母亲说：“我确确实实按你说的去煮了，不知哪个该死的家伙把头拿走了。”

继父抓住话把子，气咻咻地说：“你不守在家里，干什么去了？”

母亲也辩解说：“家里没有一点烧的柴，我拾牛粪去了，你不是看见了吗？”

继父又说：“哼！我回到家门口正下马时，看见你的那个小儿子，正从这里赶牛，肯定是他偷吃了。我今晚要杀掉他，吃他的肉。你不答应，我马上就离开这个破家。”母亲央求道：“我求求你，不要离开我，儿子虽然是我的亲生骨肉，但为了你，我答应。”

哥哥听后又怕又气，本想立即告诉弟弟，但怎么也说不出口来。

弟兄俩料理完牛群后，去父母的帐篷吃饭。继父和母亲对他俩格外亲切，与往常完全不一样。让他俩坐在崭新的白毛毡褥上，随后，端来一盘一盘各种各样的糖果、奶食和肉食来请他俩吃。弟弟看到如此丰盛的饭食，十分高兴，并毫无拘束地吃着那些美味的食物。但哥哥心里却乱得很，连一口水也咽不下去。吃完饭后，他俩回到自己住的帐篷。弟弟说：“今晚，我俩吃得那么好，觉也肯定睡得香。”

哥哥没有说一句话，过了一阵，他对弟弟

说："现在你从父母的门缝里偷看一下，他们在干什么！"弟弟走过去从门缝里偷偷一看，继父正在磨宰牛的大刀。弟弟回来把看见的告诉了哥哥，哥哥心酸地把放牛回来后所偷听到的话告诉了弟弟。随后又说："现在我们只有逃走。"他俩当夜就逃走了。

兄弟俩走了三天三夜，来到了一个路口。哥哥说："好弟弟！人常说：'两人走一条路，最后还是分路走。'现在我俩该分路走了。"随后拿了两根树枝，自己拿了一根，一根给了弟弟。并把两根树枝栽在各自要走的路口上，说道："如果你提前来到这里，看见我的树长活了，你就顺着这条路来找我。如果我提前来到这里，看见你的树长活了，我就顺着那条路去找你。"就这样，弟兄俩流着眼泪告别了。

弟弟顺着小路走了很长时间，碰到路上有两个人在争吵。他走过去问道："你俩为什么争吵？"其中一个说："这路上有一顶草帽和一根拐杖，本来是我先见到的，他硬说他先见到了，他想拿走。"另一个说："他在胡说，是我先见到的，应该我拿。"

小伙子说："没有第三者，谁能证明是谁先见到的呢？我给你们出个好主意。"他指远处的一棵树说："你们俩从这里赛跑到那一棵树后，再返回到这儿来，谁先回来谁就拿走好不好？”他俩异口同声地说：“好好！就这么办。”两人往那棵树跑去。此时，小伙子戴上草帽，拄着拐杖站着。当他俩跑回来时，小伙子却不见了。原来那顶草帽是一种罕见的神物，戴上它可以隐身，还可以变身。那两个人跑回来没有看见那个小伙子，以为小伙子是一个骗子，趁他俩赛跑之机拿着东西跑了，就各自行路了。

弟弟又走了几天，才到了一个可汗家的大院外，他用手在帽子顶上压了一下就变成了一个乞丐。他悄悄地溜进了大院，走进了一个房间。这间房恰好是公主的闺房。公主看到他落魄的模样，吓得连连后退。弟弟急忙说：“你不用怕我。”边说边扔掉拐杖，摘下草帽。这时公主才看清原来是一个两眼炯炯有神，满面红光的英俊小伙子。公主很喜欢他，把他藏在闺房里，分吃一碗饭，同睡一张床。公主的佣人心里很纳闷：“我们主人本来吃得很少，但最近几天为什么吃得这么多呢？”

有一天，佣人给公主送饭，出来后，又走到公主的窗外，用舌头舔破窗户上的纸，往屋里偷偷一看，公主正和一个陌生人一同吃饭。公主也发现了这个佣人，马上把她叫到身边说：“这事千万不要告诉任何人！”一边说着一边把自己喜爱的玩具送给了她。

佣人没有信守诺言，把事情传出去了。可汗的家丁们为了捉住弟弟，层层包围了大院。这时，弟弟的拐杖突然跳起来和家丁们打起来了，小伙子趁这个机会，冲出了包围。

弟弟虽然安全出来了，但拐杖没有收回来。他由于太匆忙，把草帽也忘在公主的房间。他失去了心爱的人，失去了草帽和拐杖，心里非常痛苦。

一天，他走到一棵大树下歇脚时，从东方飞来了一只乌鸦，又从西方飞来了一只乌鸦。它们同时落在那棵树上寒暄起来。从东方来的乌鸦说："在东方降了大祸，人畜成群死亡，他们的血流成了河，他们的尸体堆成了山。"从西方来的乌鸦说："在西方开着一朵神妙的花儿，谁要是在日出之前得到它，他的命运之马将会腾空飞跃呢。"

弟弟听了他们的话，连夜往西走去。他走啊走啊，东方朦朦亮时，才找到了那朵神妙的花儿。他双手合十对花祈祷着，这时他的草帽和拐杖就出现在身边。他又对草帽和拐杖祈祷着；转眼间，一盘盘丰盛的食物摆在他面前。他饱餐了那些丰盛饭食，然后又对花儿祈祷了一次，他便变成了一个大富商。他背着各种金银财宝，又回到那可汗的大院，大声喊道："看一眼一千元，动一动二千元，买一件三千元。"听到他的喊声，涌来了许多人，就是未见公主出来。弟弟又喊了几声，这时公主也出来了。公主看了看那些珍贵的物品，说要买一件。此时，弟弟对拐杖说："让她变"，这时，公主变成了一头毛驴。围观的人们看此情景，急忙跑去禀告了可汗。可汗半信半疑地走过来一看，公主确实成了一匹毛驴。此时，小伙子对他说："您的最可爱的公主已经变成了毛驴，你把它给我，我把这些金银财宝全给你。"可汗左思右想，也想不出另外的好办法，只好答应了他。

弟弟牵着毛驴经过长途跋涉来到和哥哥分手的那条路口上，看哥哥栽的树已经成活。他顺着那条路往前走了不久，就到了一个村庄。村庄的一眼井旁，有一位白胡子老汉在打水。他从那里打听到了哥哥的消息，此时哥哥已经成家立业了。哥哥见到弟弟安然无恙地回来，感到十分高兴。说："你回来我真高兴，拴好你的毛驴，快进屋。"弟弟说："我走到哪里就领她到哪里。"便牵着毛驴进了屋，哥哥做好了饭，端来让弟弟吃时，弟弟说："让我的毛驴也吃，它也是有血有肉，有魂有灵的呀！"哥哥又重新做饭喂饱了毛驴。

弟弟和他的毛驴一起在哥哥家里住了几天，但始终未见嫂子回来。为此他感到奇怪，便问哥哥："这几天怎么不见嫂子回来？"哥哥悲伤地说：

“我来到这里成了家，日子过得还算不错，但有时候你的嫂子一出去就几天不回来，真让我大伤脑筋。”

一天，嫂子回来了。她在家里呆了几天，有天晚上又出走了。这时，弟弟戴上草帽跟上了她。她走到海边，用银勺把海水向左扬了三下，又向右扬了三下后跳进了海里。这时，弟弟才知道她是海底龙王派到人间的公主，他也跟上去。到了龙宫后，龙王问公主：“最近人间有什么奇闻怪事？”

公主说：“其他也没有什么，只是我丈夫的弟弟牵着一匹毛驴回来了。奇怪的是他不把毛驴拴在马圈里，而拴在身边，给它喂的是人吃的饭。”说罢她亲手做好了丰盛的饭菜，与龙王在一起吃。弟弟记下了公主的做饭技巧和饭菜的品种，然后提前回了家。

第二天一早，弟弟做出了他在龙宫里所看到的那些丰富多样的饭菜，请哥哥和嫂子享用。晚上，嫂子又回龙宫去了，弟弟也戴上草帽跟上去了。到了龙宫，龙王问道：“今天人间有什么奇闻异事？”

公主答道：“也没有什么奇闻异事，但奇怪的是今早我小叔子做的饭，和我们昨晚所吃的一模一样。”龙王听了感到很奇怪，说：“我要变成一只蜜蜂飞到你们家去看个究竟，你给我备好一缸冰凉的泉水，出去时我要洗澡。”

第二天早晨，嫂子给了弟弟一个大黑缸，吩咐道：“你在这个缸里盛满冰凉的泉水，别忘了。”弟弟没有按嫂子的吩咐去做，反而在缸里倒满了滚烫的清油。到了下午，飞进来一只蜜蜂。它在家里盘旋了一会，掉进缸里烫死了。从此，嫂子再也没有回龙宫，与丈夫和小叔子一起过着安宁的日子。

有一天，弟弟对哥哥和嫂子说：“今天我要成亲，请你俩邀请一下周围的亲朋好友。”哥哥听了不大相信地问：“你在这里，人地两生，跟谁家姑娘成亲？”弟弟说：“这你放心，我自有办法，你们尽管备好酒席，等我回来吧！”便牵着毛驴出了门。哥哥清扫了房屋，备好酒席，请来客人时，毛驴已恢复成了公主，亲朋好友聚在一起，他俩欢欢喜喜地举行了婚礼。

第二天，弟弟又说：“我们都回故乡去，看望一下父母，行不行？”哥哥嫂子也答应了。

他们快到家时，父母亲也听到了消息。继父对妻子说：“因为你小儿子当年偷吃了神鸽子的头，所以他的运气腾升，还掌握了不可抵挡的魔法，现在他要回来了，看来今天他不杀我俩是绝不会罢休的。”说罢，便领着妻子惊慌失措地逃跑了。小儿子追上去，先一刀砍死了继父。然后又准备砍死母亲时，哥哥劝道：“从前，想杀你的不是母亲，而是继父，母亲再不好也是抚养咱们长大的呀！”弟弟觉得也有道理，才住了手。从此之后，他们全家互尊互爱，和睦相处，过着幸福的生活。

讲述者：尕贝　男　25 岁　蒙古族　德令哈市怀头他拉乡人

搜集、翻译：敖 · 才仁东德布

搜集时间：1985 年 7 月 27 日

香牛皮靴子

从前有个老妇人，她有两个儿子和一个女儿。按理说，她的晚年应是很幸福的。可是她的大儿子和女儿是两个不孝子女。他俩合伙赶走了母亲和弟弟，霸占了家里的所有财产。母亲和弟弟只好在他们的羊圈外搭起了一个黑帐篷，过着贫苦的日子。

有一天，老妇人的小儿子砍柴去了。他砍了一阵柴，坐在一个沙丘上休息。突然，刮起了一阵旋风。旋风刮得很猛，刮倒了大树，刮走了石头。小儿子无意地朝旋风砍了一斧头，旋风中掉下来一双精制的香牛皮靴。他把靴子揣在怀里，背着柴禾，高高兴兴地回家了。这次他没有进自己的小黑帐篷，而是直接跑到哥哥和姐姐的家，说："我今天捡到了这样一双靴子，"并把靴子拿出来给哥哥看。哥哥看了看靴子问弟弟："好靴子，好靴子，你从哪里捡来的？"

弟弟讲了捡到靴子的经过。哥哥说："你穿这靴子太大了，还是送给我吧！"弟弟二话没说，把靴子送给了哥哥。

次日，哥哥拿着靴子到了可汗家，他说："我捡到了这样一双靴子。”说着把靴子拿出来给了可汗。可汗仔细看了看靴子，惊讶地说：

“这是我女儿的靴子，她失踪好几天了。你从哪里捡到的？”

哥哥把弟弟所讲的话，当作自己的经历讲了一遍。又说：“我知道这是您公主的靴子，所以大清早就给您送来了。”

可汗热情地招待了他，说：“看来我的公主遇到危险了，你有没有办法搭救公主，如果你能救出她，我就把她嫁给你。”哥哥高兴地答应道：“能、能！我一定能把她救出来。”

当日，弟弟又砍柴去了。他跟往日一样坐在沙丘上休息。这时，那旋风又刮了起来。他双手举起斧头狠狠地砍了一下，斧头落到旋风正中，“喳喳”地响了几声，地上滴下了几滴血，然后旋风咆啸着往前刮去。弟弟也跟着旋风追去，突然旋风钻进了一个深深的黑洞。他也想随风而进，但洞太深下不去。

弟弟回到家中把此事从头到尾告诉了哥哥，哥哥听后迫不及待地问：“好呀，好呀，那个洞在什么地方？”弟弟把洞的位置也告诉了哥哥。

哥哥又跑到可汗家说：“那个旋风今天又刮来了，我砍了一斧头，它流着血，进了一个无底洞里。我本想跟进去，但洞太深无法进去。那旋风肯定是一个莽古斯。[1]”可汗高兴地说：“你要是能消灭它，我不仅把公主嫁给你，还将一半的属民百姓分给你管。”他高兴地给可汗叩了三个响头，又对可汗夫人叩了三个响头。

哥哥回到家，用一百匹马鬃拧了一根又粗又长的绳子，领着弟弟到了那个洞口，说：“你比我强十倍，我用这根绳子把你吊进洞里，你设法杀死莽古斯，把可汗的公主救出来。”弟弟毫不犹豫地下了洞。

弟弟到了洞底时，见有一间用九层水晶盖起来的房间，房中有一个美丽的姑娘正在梳头。他轻手轻脚地走到姑娘跟前清了清嗓子，姑娘见了他惊讶地说：“你不是带走了我的靴子，打伤了莽古斯的小伙子吗？你是怎样进来的？”

小伙子答道：“是我，我今天来就是来救你的。”

姑娘说：“你来得太早了，莽古斯还没有死，你穿上我的衣服，到他跟前假装整理他的枕头。枕头下有一把金宝剑，你用金宝剑砍死莽古斯。”

小伙子穿上姑娘的衣服，走到莽古斯的跟前时，莽古斯睁大眼睛骂道：“你为什么才来，我已经不行了。”“姑娘”笑咪咪地按摩了一下他的身体，便从枕头底下抽出那一把金剑，将莽古斯的

① 莽古斯：蒙古语，意为妖魔。

身子砍成了三截。

小伙子回到姑娘身边时，姑娘给了他一个金戒指和一个银手镯，又拿出来一面水晶镜，把镜子摔成两半，给了小伙子一半。随后放火烧了莽古斯的尸体和九层水晶房。小伙子将绳子系在姑娘的腰上，给哥哥回了音。哥哥拉出公主后，用一块石头堵住了洞口，领着姑娘就走了。

弟弟在洞里喊了几声，可绳子没有放下来，这才知道上了哥哥的当。他在洞里来回跑着，忽然脚踩到了一个硬硬的东西。他拿起一看，是一把钥匙。他拿钥匙打开了一间铁房，里头关着三只狗熊、三条龙和三只狮子。原来这些猛兽都是莽古斯抓来的。

小伙子将他们放了出来，他们商量着如何出洞，龙说："三只狮子要抓住我们三条龙的尾巴，三只熊抓住三只狮子的尾巴，小伙子紧紧抱住一只熊的大腿。这样，我们就能飞出洞。"他们按龙的吩咐做好了，只听一声巨响，小伙子当即昏了过去。当他醒来时，已经躺在洞口外。但那些搭救了他的猛兽们已经消失得无影无踪。只是在他的身边放着一个大包，打开一看，里面都是人间所没有的稀罕物。小伙子背着包回到家中，母亲告诉他："你哥哥就要当可汗的驸马了，最近两天就要办喜事。你姐姐参加他的婚礼去了。"

儿子说："那我们也去参加他的婚礼吧！"

母亲说："听说他们的婚礼要在可汗的三层玻璃房内进行，我们怎么进去呢？还是不要去为好。"

儿子假装答应道："不去就不去，我还是砍柴去。"说着就出门了。其实他没有去砍柴，而是去参加哥哥的婚礼了。他走近可汗家时，家丁们把可汗家的玻璃房围了三层，不让进去。他趁家丁们没注意溜进了玻璃房。这时婚礼还没有进行，公主见了他，高兴地说："你怎么进来的？我正为你担心，这下好了。一会儿举行婚礼时父汗坐在黄座位、母后坐在蓝座位上，你哥坐在皮座位上。你要站出来，把事情说个明白。"

婚礼开始了。哥哥穿着一身华丽的衣裳走了过来，弟弟上前抓住他的辫子说道："今天我的太阳出来了，你的太阳落下了。"

可汗见了怒气冲冲地说："你是什么人？如此大胆，为什么要欺辱我的驸马？拿我的宝剑来，我要砍断他的脊梁骨，砍下他的脑袋。"公主劝道："请父汗息怒，先向他问问事情的原因，再砍他也不迟呀！"父汗这才坐下来对公主说："那好吧！你向他问清事情的原因。"

公主说："事情的真相我最清楚。从旋风莽古斯手中抓住我靴子的小伙子就是他。杀死莽古斯，救出我的也是他。”便把事情的经过讲述了一番。

可汗不大相信地问：“那么，你有什么证据呢？”公主和小伙子拿出了各自的戒指，手镯和半面水晶镜子。可汗看到这些才相信了，并当场处死了无耻的哥哥，把公主嫁给了弟弟，还把自己部落的一半分给他管。

讲述者：杜格日加　男　70 岁　蒙古族牧民　乌兰县赛什克乡卜浪沟村人

搜集：跃进

翻译：才仁东德布

搜集时间：1988 年秋

拉萨阿兰雀

在很久很久以前，草原上有个大汗国，这个汗国的可汗名叫叶利布切利布，可汗有两个妃子。

每过三年，可汗都要去一趟天庭，而一去就是三年。

一年，又到了可汗要赴天庭的时候了，临走时可汗问大妃子："我现在要去天庭见天帝了，三年后回宫时你用什么迎接我？"大妃子回答说："我要用绸缎亲手缝制锦袍，并备好最美味的佳肴来迎接您。"可汗点点头又问小妃子同样的问题，小妃子回答说："我要带着您的两个王子和一个公主去迎接您。"小妃子这样说是因为当时她已怀有身孕，可汗听了小妃子的话露出了满意而会心的微笑，嘱咐了几句便上天庭去了。

可汗走后不久小妃子便要生产。自己一直没有生养的大妃子对即将临产的小妃子早就有忌恨之心，她想趁可汗不在时除掉小妃子以保全自己的地位。于是她对毫无戒备又无经验的小妃子说："女人生孩子时要堵上双耳、掩上双眼，这样才能确保母子都平安。"小妃子便被大妃子堵上双耳，掩上双眼，顺利地生下两男一女时，大妃子却用三只小狗换下了小王子和小公主。然后把三个婴儿放到一口大锅里，用羊皮盖上，叫下人扔进了一个大湖里。处理掉小王子和小公主后，大妃子才叫人解开小妃子的眼罩，取掉耳塞，指着三只小狗说："这就是你生的，人生人，畜生畜，你虽有人的外表，但生下的却是畜生，说明你不是妖魔就是鬼怪，"说着就叫人把无辜的小妃子关进了黑牢。奸诈的大妃子还另外准备了一间屋子把三只小狗养了起来。

等过了三年，叶利布切利布可汗从天庭回来时，大妃子按前面说的以锦袍、佳肴迎接可汗。可汗没见到小妃子来迎驾，觉得很奇怪，当他关切地问及小妃子时，恶毒的大妃子便拉出三只小狗，说："这就是你的小妃子给你生的王子和公主。"可汗不相信自己的妃子会生下小狗，又气又急，让人找来小妃子问她是不是真的，可是小妃子因当时被蒙眼塞耳，不能替自己辩解，只是委屈而羞愧地痛哭；而下人们因慑于大妃子的淫威，没有一个人敢将真相告知可汗。尽管可汗心中有很多疑问，但恼羞成怒的他没有多想就让人将小妃子关进黑牢里而置之不理了。

再说被扔进湖里的装有幼小的王子和公主的大锅随波逐流地漂啊漂，有一天漂到了大湖荒凉的对岸。湖对岸山坡上的一个岩洞里生活着一个修行的老僧人。这天老僧人像往常一样到湖边去挑水，当老僧人用水勺舀水时，有一口蒙着口的大锅漂到了他面前挡着了水勺。老僧用手推开大锅，继续舀水，可是大锅再次漂了过来，老僧又推开，又再漂过来，如此反复几次。老僧终于忍不住解开了缠着羊皮盖子的绳子，揭开了蒙着大锅的羊皮一看，顿时被眼前的情景惊呆了——锅里是三个活生生的孩子啊！锅里的两个小王子吮吸着自己的拇指；而小公主则吮吸着自己的食指，他们不但没被饿死闷死，反而活蹦乱跳，都能笑了。这下可为难老僧了——放回去吧，自己是修行积德的人，见死不救岂不等于作孽？而带回去吧，自己是个风餐露宿的修行人，又拿什么来养活他们啊？尽管很为难，但生性善良的老僧人最终还是把三个孩子带回了自己修行的山洞里。

自那天起老僧人自己省吃俭用，每天喂三个孩子一粒自己炼的丹药和一勺山泉水。就这样日复一日，年复一年，不知不觉 18 年过去了，王子和公主在老僧的抚育下都长大成人了。他们一个个不但长得英俊漂亮而且都很能干，很懂事，尤其是小公主比两个哥哥更聪明、更能干。他们都很孝敬老僧人，可是老僧人却年事已高，再也享不了多少福了。有一天老僧人知道自己快不行了，就把三个孩子叫到面前叮嘱道："我死后，你们会遇到一些磨难的，首先会从西边来一个牵着黑驴的卖梨的瘸老头，你们千万不要吃他的梨，如果真想吃先喂给狗或猫试一试，它们要是没事你们再吃。再往后，还会来一个脾气暴躁古怪的中年僧人，你们不要得罪他，他虽然看上去脾气很坏，却是个好人。”老僧人还吩咐将其遗骨供放在灵塔内，交待完毕后便去世了。

老僧人去世后，三兄妹伤心地哭了一场，按照老僧的遗嘱把他的骨灰供放在为其修建的灵塔里，然后磕头祈祷。说来也真神奇，三兄妹安葬了老僧，磕头祈祷罢第二天醒来时，却发现自己置身于一顶华丽的大帐之中，帐内家私用具一应俱全，而外头则是牛羊遍地。三兄妹成了方圆百里无人能敌的富贵人，过起了富裕美满的生活。

没过多久，有一天果然从西边来了一个牵着黑驴的卖梨瘸老头，两个王子要买，公主妹妹暗中提醒两个哥哥老僧的交待，于是便拿了一个梨给了就近的猫。猫咬了一口当即七窍出血而死，再看老头时早就消失得无影无踪了。三兄妹便伤心地将猫埋在老僧的灵塔旁边了。刚埋葬了猫时，他们看到从西边来了一个中年僧人。这个僧人脾气很急，老远就嚷嚷着要吃要喝，因为有老僧生前的交待，三兄妹没有在意僧人的怪脾气，反倒热情地款待他，僧人也毫不客气地大吃大喝起来。僧人吃饱喝足了，临走时才开口交待他们道：“孩子们，你们的磨难还有很多，要想彻底摆脱磨难，就得去很远的拉萨山请世间独一无二的神鸟拉萨阿兰雀，不然的话你们的灾难就无法避免。”僧人交待完，并给他们指明了去拉萨山的方向后就离开了。

僧人走后，兄妹三个经过商量，第二天一早大王子就起程去找神鸟拉萨阿兰雀了。大王子走了很长时间都没有回来，二王子便去寻找哥哥和拉萨阿兰雀，但是二王子去了很长时间也杳无音讯。无奈，小公主决定自己去寻找两位哥哥和拉萨阿兰雀。临行前她为哈巴狗准备了三年的食物，让它守着老僧的灵塔和他们的家。

小公主不知走了多少天，赶了多少的路，历经了千辛万苦。有一天，她来到了一顶又黑又矮的毡房里，毡房里生活着一位养着几只白山羊的孤身老奶奶。老奶奶好像有先知先觉的本事，一看到小公主就说：“这才是神鸟拉萨阿兰雀真正的主人啊，你的两个哥哥以及成千上万前来寻找神鸟的人们连人带马都变成了石头，就在这后边的拉萨山上。你先用棉花在左腋下做一个鸟窝，到了山上，你先找到你两位哥哥将他们及他们的马用绳子连起来，然后连叫三声‘拉萨阿兰雀’便会有奇迹出现。”接着又说，“如果你回来时我不在了，你就在这里仔细地找找，如果能找着我的一块碎骨头，就请交给阿兰雀。”

小公主告别了老奶奶，继续向前赶路，没走多久就来到了老奶奶说的那座山上，她看到有不计其数的人马都变成了石头，僵立在那里一动也不动。小公主费了好大的劲，好不容易在石人石马中找到了两位哥哥和他们的马，就用绳子将他们与自己连好，然后夹着腋下的棉花鸟窝连叫了三声“拉萨阿兰雀”。她话音未落，奇迹果然出现了，一只金胸银尾的漂亮无比的鸟欢叫着飞了过来，轻轻地落在了小公主腋下的棉花窝里，与此同时，所有变成石头的人马全部重新活了过来，山谷里顿时人喊马嘶，拥挤不堪。好在公主早就用马缰绳连好了自己和两位哥哥，才没有在人群中走散。

怀着重逢的喜悦，兄妹三人带着拉萨阿兰雀回到老奶奶原来住的地方时，早已看不到老奶奶及破毡房，还有老奶奶那几只山羊的踪影了。兄妹三人根据老奶奶事先的交待，费了九牛二虎之力才在小毡包的遗址上找到了老奶奶的一块肋骨碎片。公主将其呈给拉萨阿兰雀，阿兰雀用翅膀拍了一下那一小片碎骨，他们面前顿时便出现了一个崭新的蒙古包。门口站着一个酷似老奶奶却很年轻的姑娘，而不远处则是一大群山羊在吃草。原来这是拉萨阿兰雀对好心的老奶奶的报答，让她获得了新生。

告别了老奶奶转世的姑娘，三兄妹带着拉萨阿兰雀高高兴兴地回到久别的家中时，看到守护着老僧灵塔的忠诚的老哈巴狗已饿得奄奄一息，拉萨阿兰雀轻挥翅膀使将死的哈巴狗变回了原来的样子。

三兄妹回来后不久，恰逢汗国举行数年一次的盛大的那达慕大会。兄妹三人骑着各自最喜爱的马去参加那达慕。兄妹三人的马在成千上万的良驹中脱颖而出，取得了最好的成绩；第二天的摔跤比赛中两个王子更是神勇无比，摔倒了可汗所有的大力士，得到了最高的荣誉；第三天其实比的是财富，看谁能用绸缎将王宫前面的圣山遮盖起来。许多王孙贵族用成群的骆驼驮来了绸缎想盖住圣山，但都没能盖住圣山的一角。这时小公主从怀里掏出一小块绸缎，轻轻一挥就将圣山里三层外三层地盖了个严实，看得可汗和所有的王孙贵族都目瞪口呆，自愧不如。

一直在看比赛的叶利布切利布可汗看到三个年轻人如此出众的表现，在为他们叫好的同时，又暗自伤心，心想：我要是有这么三个儿女该有多好啊！于是可汗便向三兄妹发出了邀请，请他们务必到宫里做客。并将邀请他们来做客的事告诉了大妃子，早已知道了三兄妹身份的大妃子又私下里吩咐人布下了重重陷阱，要置三兄妹于死地。

三兄妹应邀临行前，拉萨阿兰雀叫他们先去找一面值一千两银子的宝镜，老大去了半天没找着空着手回来了，老二接着又去找，镜子是找着了，但没搬动，他便把镜子藏在沙子里回来叫公主妹妹，小公主毫不费劲地将镜子带回来了。这时拉萨阿兰雀又交待："你们到王宫后会有人来接你们的马，你们不要交给他们，将自己的马拴在可汗的马旁边；会有人来让你们坐这坐那，你们不要听他们的，你们就坐在可汗身旁，然后将这面镜子放在可汗的面前。"兄妹三人到了王宫后，大妃子的人故作热情地将他们往陷阱里引，但心中有数的兄妹三人一一识破了他们的诡计，绕开陷阱坐在了可汗身旁。

见到兄妹三人，可汗又伤心落泪起来。这时公主将带来的宝镜放到了可汗面前。宝镜中立即浮现出了大妃子陷害小妃子，将二个王子和公主扔到湖里，并用小狗代替的所有情景，可汗这才知道了真相。眼见事情已败露，大妃子现出铜嘴山羊腿的妖怪原形要逃，拉萨阿兰雀一翅膀就将其打翻在可汗的脚下，可汗让士兵掘地三尺将其活埋了。然后从黑牢里救出了蒙冤多年的小妃子，从此全家团圆，过上了幸福美满的生活。

讲述者：看卓　女　蒙古族　70岁　海晏县哈勒景乡哈勒景村人

搜集：才向东　李启录　杨淑贞　王玉琼　道布加

翻译、整理：道布加

搜集时间：2006年5月11日

弟兄俩

很久很久以前，有位可汗娶了两个老婆。大老婆生的儿子叫阿尔茨斯帝，小老婆生的儿子叫阿玛嘎斯帝。不久大老婆死了，小老婆对待阿尔茨斯帝很不好。

可汗的属民们对两个台吉中谁能继承汗位很关心，不断议论，有的说："两个台吉，一个当汗，一个当丞相。"有人又说："阿尔茨斯帝当汗行，阿玛嘎斯帝只能当丞相。"这些话慢慢地传到了可汗的小老婆耳朵里，她听了心里很不舒坦，对阿尔茨斯帝非常忌恨，想把阿尔茨斯帝赶走。好让自己的儿子以后继承汗位。她想来想去，想了个装病的办法。于是她装作生病，躺着不起来，不断呻吟。可汗见小老婆病了，就问道："你的病怎样治才能治好？"小老婆说："我不敢对你说。"可汗对她说："不要紧，你说吧，我一定办到。"小老婆说："你要把大儿子赶到我看不见的地方，我的病就会好。"可汗听从了，就要赶走阿尔茨斯帝。

阿尔茨斯帝没有办法，准备好出门的东西就要走了。可是，阿玛嘎斯帝知道了，他每天跟哥哥形影不离，哥哥走到哪里，他跟到哪里，就连睡觉也要跟哥哥睡在一起。这样连着几天，阿尔茨斯帝脱不开身，心里又着急又难过。着急的是父汗有令，不得不走；难过的是要与弟弟分离，以后还能不能见面也说不定。

有天晚上阿尔茨斯帝趁弟弟睡着的时候，咬咬牙起身就要走。走到门口，不禁朝弟弟看了看，只见阿玛嘎斯帝一头乌黑发亮的头发，红扑扑的脸蛋，他越看越爱，实在舍不得离开。心想：我要亲吻弟弟一下。于是，转过身走到弟弟跟前，亲吻了一下弟弟的额头。弟弟被惊醒了，知道哥哥要走，非要跟着不可，阿尔茨斯帝没办法，背上弟弟出门了。

弟兄俩朝前走着，带的食物吃光了，连喝的水也找不到。两人又饿又渴，只好慢慢地走。走着走着弟弟实在走不动了，头一昏，晕了过去。哥哥叫了半天也叫不醒，以为弟弟死了，只好背着弟弟来到滴着水的一棵大树下，用石块把弟弟的尸体围起来，折了些树枝，花草盖在上面，祷告说："请大地母亲，给他钢一样结实的、坚强的身体吧！请苍天父亲给他永恒长寿之命吧！"然后又慢慢地继续赶路。

阿尔茨斯帝走着走着，累得走不动了，靠在石块上休息了一会儿。他看见一缕白烟从一个石洞里冒出，就慢慢地走到石洞跟前，看见洞中住着一个修行的喇嘛。他向喇嘛说了自己的遭遇后，请求道："尊敬的喇嘛，你就收下我当你的徒弟吧，我给你砍柴，背水，拾粪，做饭。"喇嘛同意了。

从此，阿尔茨斯帝成了侍候喇嘛的佣人。有天，喇嘛对阿尔茨斯帝说："在你背水的路上，有一百零八个小孩子在玩耍，你不要和他们玩。如果你玩了，千万不要说出自己的身世。"阿尔茨斯帝答应了。当他去背水时，在路上果然遇到了一百零八个小孩在玩轮流当可汗的游戏，其中就有一个是当地可汗的台吉。

孩子们用石块垒了个汗位，一个小孩上去坐着，其余的小孩都叩头打千。当那位可汗的台吉坐上去时，他坐得稳稳的，小孩们在玩耍，他也没有啥动静。当别的小孩上去坐下，可汗的台吉叩头时，那个石头位子却乱动乱摇，小孩也坐不住，滚了下来。阿尔茨斯帝见了，觉得好玩得很，就走过去和他们一块玩。当他叩头时，可汗的台吉和别的小孩都坐不稳汗位，当他坐上去，那些孩子们叩头，他却坐得很稳当。这下，大家都认为阿尔茨斯帝的命很好，人贵福大，围起来问他："你是哪里来的，叫啥名字，几岁了，属啥的。"他回答说："我叫阿尔茨斯帝，我生在水虎年，十三岁，我是一个可汗的儿子。”他说完了，就接着玩，玩着玩着，他们开始吵嘴，然后互相撕打，那些小孩联合起来打阿尔茨斯帝也打不过他，他把其中的两个小孩给打伤了。结果，大家不欢而散。阿尔茨斯帝背着水回到了山洞。

统治着这片地方的可汗要举行一次祭海的仪式。可是可汗为找不着一个十三岁的水虎年生的小孩当祭品而发愁，坐在毡包里生气。可汗的儿子回来后，就把自己和同伴们如何玩，如何来了个小孩和他们说话，玩耍、吵嘴打架的事告诉了他。可汗听了十分高兴，因为阿尔茨斯帝正是他要找的小孩。于是命令手下把喇嘛和阿尔茨斯帝带来了。接着，可汗下令摆起了盛大的宴席，准备祭海。当祭海的仪式结束时，要把阿尔茨斯帝当成祭品扔到海里，喇嘛哀求可汗不要把阿尔茨斯帝扔到海里。可汗的女儿也一反往常的样子，脸上的表情很难看，走到父汗跟前为阿尔茨斯帝求情：“世上竟有这么好看的小伙子，看起来，他不是一般的人，请尊贵的父汗饶了他吧！”可汗听了很愤怒，下令把阿尔茨斯帝扔进海里。

阿尔茨斯帝慢慢沉下海底的时候，有个骑白马，穿白衣，白发白须的老人救了他，把他领到了龙王跟前。因为祭海，龙宫周围都是死人的骨头，又脏又乱，到处都有臭味。龙王的属民，不是瞎眼睛，就是缺胳膊断腿的，还有聋子、跛子，没有一个好的。阿尔茨斯帝见过了龙王后，就开始为这些有病的人治病。他整整忙了三年，治好了龙王属民们的病，向龙王告别，要回到地面去。龙王对他说："你要回去我不拦你。你治好了这么多的病人，我要感谢你。你说，你要用牛驮金子，还是要用车子拉银子。"阿尔茨斯帝啥也没要，就回到了地面。

他到了地面，朝天上一看，只见一道五颜六色的彩虹挂在天空中，虹的一头在海里，一头在他师父修行的山洞里。他回到山洞，又和师父在一起了，可汗的公主看见了彩虹，知道阿尔茨斯帝活着回来了。

又到了祭海的时候，可汗来叫阿尔茨斯帝的师父，让他念经。喇嘛说："我的徒弟没有了，我也不念经了。"可汗急了，抓住喇嘛又扯又拉，把喇嘛的皮袄也撕破了。阿尔茨斯帝见了，急得大喊："有事情找我，不要欺侮我的师父。"可汗的女儿一眼认出了阿尔茨斯帝，跑到可汗跟前说："尊贵的父汗，这个小伙子就是三年前当过祭品的小孩，他完成了他的义务。这一次祭海再不能拿他当祭品，我要和他结婚。"可汗没有办法，只好同意了女儿的请求，让阿尔茨斯帝和女儿成了亲。从此，小两口的生活美满幸福。

过了一段时间，公主发现丈夫心事重重，既不说话，又不吃不喝。就问：“你有什么事情，变成这个样子，请你说出来，我们共同商量个办法。”阿尔茨斯帝伤心地说：“我出家门的时候，背着五岁的弟弟。可他在路上又饿又渴，我又找不到吃的和喝的，最后弟弟死在了半路上，到现在我连安葬他的地方都没有去看一次。”公主说：“那我们现在就去。”公主叫人带了些东西和人马，来到埋葬阿玛嘎斯帝的大树下。只见树上仍然滴着水，石头也没有异样，只是尸体却不见了，两人感到很奇怪，心想：如果弟弟死了，怎么不见尸体，如果没有死，石头却原封没动，这到底是怎么回事啊？两人四下一望，看见一缕青烟从山崖下慢慢飘来。走近一看，烟是从住着七个修行僧人的石洞里飘出来的。阿尔茨斯帝向僧人们讲述了他弟弟死去的经过和他埋葬时的情况。请他们念经超度弟弟的亡魂。他连着求了三个僧人，谁都不吭声，当求到第四个僧人时，僧人说：“我看见过一个既不像牲禽，又不像人模样，浑身长着毛，倒像个猴子的动物，每天的早晚和中午，都喊三声“阿尔茨斯帝，我的哥哥”。当他摘到些野果时，要分成两份，放在面前，吃之前说“这是我的，这是我哥哥的”，说完只吃自己的一份。大概这个怪物就是你弟弟吧。僧人说到这里，朝前一指："你到那里去找。"

阿尔茨斯帝按着僧人所指的方向去找，他对随从的人们说："你们在我后面来的时候，我划了横线的地方，你们呆一夜，划了竖线的地方，你们呆一天一夜，划了叉叉的地方你们吃午饭。"说完，他先动身去寻找了。寻着寻着，碰到了一个石头垒起来的圈子。他走进去休息了一会儿，像猴子一样的动物来了，就像僧人告诉他的模样，这个动物拿出食物分成两份放在面前，说道："这是我的，这是我哥哥的！"说完就吃自己的一份。阿尔茨斯帝想趁机去抓他，没抓住，却把他吓跑了。此时，阿尔茨斯帝的随从都来了，大家又等了三天三夜，费了好大的功夫，才把那个怪物抓住了。仔细一看，确是他的弟弟阿玛嘎斯帝。阿玛嘎斯帝高兴得昏过去三次，终于和哥哥相认了，弟弟跟着哥哥回来，和哥哥住在一起。过了一些日子后，弟兄俩商量着要回家乡看望父母，弟弟说："阿爸和阿妈那样狠心，把你赶出来，你我受了多大的苦，还干嘛要去看他们。"哥哥说："他们虽然对我不好，但我们不能像他们一样。再说，他们毕竟是我们的父母，我们去看他们是应该的。"弟弟听了哥哥的话，带着礼物，跟着哥哥去看了父母。

后来，弟弟继承了父亲的汗位。哥哥回到了公主身边，过着十分美满、幸福、欢乐的日子。

讲述者：桑洛　男　50岁　蒙古族　乌兰县茶卡乡塔拉村人

搜集：秦建文

翻译：才仁巴力　李存福

搜集时间：1984年

动物故事

玛诺力的七个儿子

很早以前，有一种叫玛诺力[1]的动物。它强壮力大又灵巧异常，能盯梢善捕猎，技能多样，种种绝妙。它生了七个儿子，最大的是猫儿。猫儿生下来就很聪明伶俐，早已学会了母亲的多种绝技。老二是猞猁，老三是豹子，老四是狗熊，老五是老虎，老六是狮子，老七是“哈拉胡仑”。[2]老七生下来就很凶猛暴戾，它把母亲一口咬死了。

玛诺力的这七个儿子一个比一个凶猛。最小的儿子是七兄弟中最凶猛的。老大猫儿虽然体小力弱，但它学会了母亲的很多技能。因而，它的弟弟们恳求它教一教本领，猫儿只好答应了。

猫儿给弟弟们教了一阵怎样灵活盯梢，捕捉动物一类的技能。有一天，弟弟们问猫儿大哥：

“哥，你把全部技能给我们教完了没有？”

“教完了，该你们自己练了！”话刚一出口，其他六兄弟就一拥而上，气势汹汹地扑过来说：“现在我们要吃掉你！”

在这千钧一发之时，猫儿蹦起爬到树上，保

---

①“玛诺力”：系蒙古语，意为“傀儡”。

②“哈拉胡仑”：传说中的一种凶猛的动物。

住了性命。

原来，猫儿虽然给它们教了一些自己的本领，但它始终没有教给它们爬树的技能。

据说，从古时候，文武双全，见多识广，满腹学问的人给徒弟们毫不吝啬地教授知识，但从不传授给关键的一招，原因就在这里。

讲述者：那文　男　蒙古族　格尔木市乌图美仁乡人

搜集：乌云毕力格

翻译：点巴

搜集时间：1988 年 10 月

狼和狈

古时候，有很多很多马匹的一户人家是阿若嘎图台吉。他们家的牧马人是叫阿果苏拉的老汉。

狼和狈是相互配合的动物。据说，狈走路时经常爬在狼背上，要是没有狼它就不能行动。

有一天，它俩悄悄地走来窥伺着阿若嘎图的马群，想法儿抓匹马吃。

狈说：“抓一匹无驹满膘的骒马吃吧！”狼说：“不能吃满膘的骒马，那样我俩定会死在圣马的四蹄底下，成为拴在阿果苏拉老汉的皮梢绳上的猎物。咱们还是抓那个灰色二岁马吃了好！”但狈根本不死心：“还是满膘的骒马吃了好啊！”就这样争论了半天，最后它们还是抓了一匹满膘的骒马吃掉了。

阿果苏拉老汉看见尘土飞扬，马群惊跑的情景，立即骑上马跑去查看，见到狼和狈正在逃窜。老汉快马加鞭，追赶上去。狼边逃边心想：老汉骑的这匹马如果是初胎生的幼马驹的话，它的颅顶是比较单薄的，而且往高处跑起来会很吃力。它便往高处逃跑，过了一阵眼看老汉的马要追上来了。

它又心想：如果它骑的是老母马，它的腿又笨又僵的，下坡跑不起来。它又往下坡处逃窜，结果也不成。

原来老牧马人骑的是一匹圣马，因而狼虽然诡计多端，最后还是被踩死在圣马的四蹄之下，成了老牧马人的皮梢绳上的猎物。从此，老牧马人接连几天的功夫打死了所有的狼。狼就这样灭绝了。

而狈呢？它躲藏在被咬死的那匹骒马胸肚里，保住了性命。据说，现在野外生存的这些狼是狈的后裔。

讲述者：加木苏荣　男　67岁　蒙古族牧民　格尔木市乌图美仁乡哈夏图村人

搜集：乌云毕力格

翻译：点巴

搜集时间：1988年10月14日

做客的狼

古时候，有一头老牛，住在一个宽房檐、四根柱、九根梁、门大窗小、宽敞豁亮的房子里。

一天，狼把自己打扮成一个读书人的样子，背着铺盖来到老牛家门前。

“你要到哪里去，远道来的客人？”老牛问道。

“啊，老兄，我要到南城去！”这位客人文质彬彬地回答。

老牛心里想：看他文质彬彬的样子，准是一位读书的人！就说：“噢，你要进城去？那还远着呢！先在我这儿喝点水，休息休息再走吧！”

客人点了点头，说：“是的，我是奉狮王的命令去出公差的。过几天，还有圣旨给我，我得在这儿等候几天。老兄，麻烦你，让我在你家住几天吧？”客人道貌岸然，举止文雅。老牛信以为真，心想：能让一位读书人住在自己家里，那是再好不过的事了！便说：“可以，可以！只要你不嫌弃我这个家，你就住上两天吧！”说着，就去给客人扫床铺被。

老牛白天在外面干活，晚上才回家休息，每次回来，客人都是戴着眼镜，拿着厚厚的一本书，哼哼叽叽地念着。这样，不觉过了十几天，客人还没有离开的意思，老牛便问："老兄，给你的圣旨什么时候来呢？"

"快了！就在这一两天。"客人回答说。

又过了几天，老牛问客人，客人还是那样回答，因此，老牛就给这位客人起了个绰号，叫"快了先生"。

一天，老牛又问客人："快了先生，你的圣旨来了吗？"

"快了，就在这一两天！"客人还是这么一句话。

又过了一天，老牛从外面回来，"快了先生"在大门中间放着一张桌子，桌子上面摆满了酒肉。老牛心里想：这个读书人可真够意思，当了几天客人就帮我干起活来了，客人成了我的佣人，真不错！我收工回来，就能吃到香菜热饭，实在太幸福了！他放下工具，向屋里走去。"快了先生"却用恶狠狠的眼神直盯着它，挡住了他的去路。老牛生气了，厉声喊道：

"走开！我要进屋去。"

"你要是在自己家里，谁能挡你进去呢？"客人一动不动。

"你说什么？这是你的家？滚开！"老牛发怒了。

“这当然是我的家了！不信，我有证据，亲朋四邻谁不知道？”客人一口咬定，毫不让步。

“老兄，你是读书人，讲点文明礼义吧，光大化日之下竟来抢占别人的家，这是什么道理？”老牛质问道。

“好！既然是你的房子！我问你，这座房子有几根梁几根柱子？窗户有几个格子？房顶苫了多少瓦？地上铺了多少砖？你说！”客人像放连珠炮似的一连问了好几个问题。

这座房子虽然是老牛盖的，但是，用的材料很多，他没有仔细计算过，因此被客人问得目瞪口呆，一时说不出话来。

老牛和客人争论不休，四邻的人们听见了，都跑来劝架。老虎走在前头先问它们为什么吵架。

“这个老牛不讲理，要抢我的家，还用犄角撞我！”客人抢先说。

“这个坏东西骗了我，要抢占我的家。他说在我家住上几天就走，但是十天半月过去了，他还不走，我一问他，他就说，‘快了，一两天就走！’今天，竟然耍起无赖，把我的家说成是他的！”老牛气呼呼地反驳道。

老虎心里想：谁的家，谁就最了解，便说：“好，你们俩都说说自己的家是怎么个样子？在大家面前不许撒谎，要说实话！”

“我的家有四根柱子……”老牛说到这里，就像噎住了似的哼哼了半天，说不清楚。

“你是从这儿看见了那四根柱子，要不，你什么也说不上！强占别人的房子就那么容易？……”客人哈哈大笑，趁机抢着说。在人群里也有一些人嘿嘿发笑，讥笑老牛无理，老牛更加紧张了。客人又接着说：

“我诚恳希望虎兄明鉴，判决此案。我的这座房子是今年夏天才盖起来的，门的上方有四块镜子，门窗全用榆木做的，房顶上苫的瓦横数二十四行，竖数八列，总共一百九十二块，房子里的地面共铺了三百六十块砖，……”客人对答如流，说得一清二楚，在场的人无不拍手叫好。其实，他在老牛家住了这十几天，就是在计算这些数字呢！老虎在山羊、小兔、长颈鹿面前，一件一件地数了一遍，和客人说的分毫不差。老虎说：“这座房子是‘快了先生’的，人家说的没有一点儿差错。”

“老虎，你……”老牛一听泪如泉涌，说不出一句话来。客人连忙清了清嗓子，接着又说：“老牛太贪婪，也太愚蠢！无理侵占别人的房子，真是无耻之徒！”

老虎做出了判决，房子归“快了先生”所有。

但是，被强占了房子的老牛，怎能忍受这不

白之冤呢？他走了几天几夜，去找狮王告状。狮王就派大象审理这个案件。大象跑来了解情况。老虎就向他一五一十地交待了客人和老牛当时所谈的情况和事情的前后经过，并说：“不言而喻，这房子是‘快了先生’的！”但是，大象并没有轻信，又让老牛把这位客人怎么来的，做了些什么，都一五一十地说了出来，心里想：这房子真正的主人，应该最清楚这个房子里肉眼看不见的东西。因此，它问：“‘快了先生’，你在铺地砖的时候，还放别的东西了没有？”

“没有！全是砖头，总共是三百六十块。”客人回答说。

“下面什么都没有？柱子下面也没有什么东西吗？”大象又问。

“什么也没有。”客人肯定地说。

这时，老牛恍然大悟，急忙插言道：“请象大人明鉴，它说的不对！我盖房子的时候，怕柱子下沉，就在每根柱子底下垫了一块大石头。”

大象立即派人去刨，果然和老牛说的一样。大象马上把客人抓来拷问，这才真相大白！大象怒发冲冠，严厉斥责，并命令侍从剥掉客人的衣服狠揍。当侍从剥掉衣服时，客人却露出了尾巴，众人这才大吃一惊：“啊，‘快了先生’原来是只狼！打！……”一阵喊声惊天动地，狡猾的狼夹着尾巴逃跑了。

老牛回到家里，把房子打扫得干干净净，宴请大象诺颜[1]。老虎向老牛赔礼道歉，说："唉！太对不起你了，'快了先生'原来是只狡猾的狼，要不是雄狮大人派来大象兄重新审理这个案件，就会造成天大的冤案啊！我罪该万死！"

"是的，以后一定要警惕那些口蜜腹剑的恶棍，遇事要考虑周到，深入仔细，千万别让表面现象迷惑了眼睛，别让花言巧语迷住了心窍啊！"

1954年冬，原西北民族学院文工团青海省海晏县籍21岁蒙古族演员刚青讲述，贾晞儒记录翻译。此文选自贾晞儒编《青海湖畔的传说》，1981年5月青海人民出版社出版。

① 诺颜：蒙古语，意为官吏。

黑母羊朝圣

很久以前，有一只怀孕的黑母羊去拉萨朝圣，走着走着，来到一个林子里时，突然听见有人在喊救命，黑母羊寻着声音找去，看到一只狼掉到猎人的陷阱里了。狼看到黑母羊过来，就苦苦哀求救救它的命，黑母羊心善，没多想就把狼拉出了陷阱，救了狼一命。谁知得救的狼却原形毕露，对黑母羊说："你救人救到底吧，我在陷阱里呆了三天三夜，都快饿死了，你得让我把你吃了，不然我会饿死的。"说着就要吃黑母羊，黑母羊说："求求你先别吃我，我得去拉萨朝圣，我现在还怀着羔呢，我回来时会带着羊羔来，那时你再吃我们娘儿俩不是更好吗？"狼听了想了想，觉得那样更划算些，就决定等它回来时再吃，便放走了黑母羊。

黑母羊离开狼，经过千辛万苦终于来到了圣地拉萨，朝拜完毕后，黑母羊领着刚出生不久的羔羊踏上了回家的路。走着走着又来到了以前遇见狼的林子旁，黑母羊一想到母子两人将要命丧狼口，便伤心地坐在一块石头上哭起来。

这时跑来了一只兔子，问黑母羊为什么哭，

黑母羊便把事情的经过给兔子说了一遍。兔子很气愤地说："这个没良心的东西，看我怎么收拾它，你不要担心，我一定救你娘俩的命。"

兔子领着黑母羊娘俩来到一个人家的窝子[1]上，兔子捡了一根黑头火棍，拿着火棍骑在黑母羊背上，领着黑羊羔继续往前走，没走多久就来到了黑母羊以前遇见狼的林子里，果然看到狼早就守在那里了。

兔子在黑母羊耳朵旁嘀咕一番后，便骑着黑母羊，挥舞着黑头火棍，嘴里喊着"剥狼皮到拉萨卖啊"就向狼奔去。狼哪里见过这个阵式啊，吓得夹着尾巴转身就逃。狼跑着跑着，跑过几道山梁后遇到了一只老虎，老虎拦住它，问它为什么要这么没命地跑，狼就把事情的经过给老虎说了一遍。老虎说："你这胆小鬼，那是兔子在吓唬你，我陪你去看看。"狼还是害怕，不敢去，老虎说："你要是害怕，咱俩把尾巴连起来，一起去见它。"于是狼和老虎将尾巴连起来一起去找兔子和黑母羊。

远远地看到狼和老虎结伴而来，兔子又和黑母羊商量了一番，便骑着黑母羊，挥舞着黑头火棍迎上前去，大声说："狼兄弟，你真守信用。我要的就是这样的老虎的皮啊。"老虎一听，以

① 窝子：用来驻扎帐篷的比较平坦的地方。

为是狼和兔子在合伙害他，吓得转身就逃。老虎跑得快，狼赶不上，于是老虎拖翻了连在尾巴上的狼，满山满洼地疯跑，结果将狼给拖死了。

就这样，聪明的兔子救了黑母羊母子的命，惩罚了忘恩负义的狼。黑母羊感谢了兔子的救命之恩后，领着黑羊羔平安地回家了。

讲述者：祁成木　男　70岁　海晏县托勒乡托华村人

搜集：才向东　李启录　杨淑贞　王玉琼　道布加

翻译：道布加

搜集时间：2006年6月20日

白鹤和狐狸

一只白鹤和一只狐狸在路上相遇。狐狸笑眯眯地看着白鹤说:“亲爱的白鹤小姐，你怎么只长了两条腿呢？”白鹤一看狐狸长着四条腿，十分惊诧地扑棱着自己的翅膀。狐狸又接着说:“亲爱的白鹤小姐，你嘴里没长一颗牙齿多不好看！我就有三十六颗锋利的牙齿，有一百种本领、四条腿、两个耳朵，还有一条美丽的尾巴，你呢？哈哈……”

白鹤一听狐狸在讥笑它，很不服气地仰起脖子，抬头望天。这时，从对面走来了一位猎人。

“喂！尊贵的狐狸先生，那边走来了一位猎人，你看见了吗？”白鹤说。

狐狸一看，果然有一位猎人从那边走来，急忙夹着尾巴钻进了一个狗獾洞里，白鹤也紧跟着狐狸钻了进去。猎人老远就看见了，急忙跑过去用手就扒。

“喂，狐狸先生，猎人要抓我们啦，你怎么办呢？你有四条腿儿、三十六颗锋利的牙齿，一百种诡计，你快拿出来吧！”白鹤痛哭流涕地央求。

“唉！你自己也想想办法嘛，我现在只有五十种诡计了！”狐狸惊慌地说。

猎人不停地扒着，越扒越接近狐狸和白鹤了。

“呜呜呜……狐狸先生，我忠实的朋友，你有四条腿儿，还有五十种诡计，快拿出来救救我吧！”白鹤呜咽着恳求狐狸说。

“你自己也想想办法嘛！我的诡计都跑到四面八方去了！”狐狸垂头丧气地说。

猎人扒呀扒，抓住了白鹤的两条腿拉出来一看，白鹤耷拉着翅膀，紧闭双眼，装死不动。猎人心里想：准是憋死了！就把它扔到一旁，又继续向里面扒。

猎人扒呀扒，只见长着一条长长尾巴的狐狸装死躺着，他抓住尾巴拉出洞外，当即用刀子宰了，剥掉狐狸的皮，装进自己的皮口袋里。他想拿回家去，用狐狸的脘子做成一顶帽子，用狐狸的尾巴做成鞭纽儿，用狐狸脊做成长袍的边沿儿，死白鹤可以拿回去喂狗。但是，当他转身一看，白鹤早已无影无踪了。原来白鹤正在高空飞翔呢！

白鹤只靠一个本事保住了性命，狐狸虽然诡计多端，还是没有逃脱死亡的命运！

1956年春，原西北民族学院文工团青海省海晏县籍23岁蒙古族演员刚青讲述，贾晞儒记录翻译。此文选自贾晞儒编《青海湖畔的传说》，1981年5月青海人民出版社出版。

老虎和蚂蚁

从前，在一座大山里居住着一只凶猛的老虎，常常以盖世无双的英雄自居。

一天，老虎躺在一面阳坡上晒了一阵太阳，又懒洋洋地爬起来，抖了抖须毛，就大摇大摆地向前走着。这时，它看了看四周，觉得一切都不如它，便翘起尾巴，十分傲慢，自言自语道："在这个世界上，除过我以外，再也没有力大无敌的英雄了！"

但是，当老虎正在沾沾自喜的时候，一阵哈哈的笑声像一股带刺的冷风直向它刺来，它怒气冲冲地大叫：

"是谁在讥笑我？好大的胆子！"它左瞧右看，什么也没有看到。接着，就是一阵可怕的寂静。它又大声喊道："是哪个不想活了？快出来！"但是，它不仅没有见到任何东西，反而又听到了一阵哈哈的讥笑声。气得老虎咆哮一声，震得山摇地动，它向四周眺望，仍然看不见什么。

它迷惑不解，又吓唬着说：

"你是好汉，就站在我的面前，我们马上较量较量！"

“我在这儿呢！”老虎低头一瞧，嗨！一只小蚂蚁钻在它爪子缝里。老虎二话没说，就用爪子去打它。但是，它使尽全身力气，也没有打到小蚂蚁。

“虎兄，你别生气。我们虽然小，但是我们的力量不一定就比你小啊！”蚂蚁十分自信地昂着头说。

老虎一听哈哈大笑：“好吧！我们比一比看！我就站在这儿不动，等着你们来，看你们有多大的能耐！老虎瞧不起小蚂蚁，十分傲慢地挺着胸说。

小蚂蚁转过身去，给站在它旁边的蚂蚁打了一个招呼。这样，一传十，十传百……不一会儿，成千上万的蚂蚁都跑来了。它们齐心协力，有的爬到老虎的身上、腿上，有的钻进老虎的鼻子，叫老虎喘不过气来，有的钻进老虎的耳朵，叫老虎痒得直摇脑袋……顿时，老虎浑身上下，里里外外一片漆黑，全爬满了蚂蚁。老虎用爪子去抓，爪缝里也钻满了蚂蚁，老虎无可奈何，只得认输求饶说：

“救救我的命吧！救救我的命吧！”

这时，蚂蚁摆出一副胜利的姿态，教训着老虎，说道：“你的力量虽然很大，但是，只有你一个。我们力量虽然很小，但是万众一心。因此，你是无法战胜我们的！希望你今后放老实点！别再目中无人了！”

1956年春，原西北民族学院文工团青海省海晏县籍23岁蒙古族演员刚青讲述，贾晞儒记录翻译。此文选自贾晞儒编《青海湖畔的传说》，1981年5月青海人民出版社出版。

群蜂斗野猪

有一天，野猪东跑西窜，跑了大半天找不到一点儿吃的，饿得肚子咕咕直叫，就索性躺在柔软的草地上睡起觉来。睡得正香，一阵嗡嗡的叫声把它吵醒了，它懒洋洋地睁开左眼一看，什么也没有见到，它又懒洋洋地睁开右眼一瞧，嗨！一只小蜜蜂在它身边的一棵树枝上嗡嗡叫着呢！

“哎，野猪兄，你怎么躺在我们蜜蜂国的领土上了呢？我们要在这棵树上筑巢垒窝，采花酿蜜，你快走开吧！”小蜜蜂看见野猪醒来了，就劝它快点儿离开这里。

“嗨！看你这个不自量力的小东西，我正在找蜜吃呢！你还叫我滚开！”野猪蛮不讲理，吓唬小蜜蜂，“你快给我带路，否则，我就要把你马上吃掉！”

“大伙儿派我来和你好好商量，你竟然在我面前耍起了威风，太不讲理了！哼！”小蜜蜂十分生气地飞走了。

小蜜蜂飞到家里，就将这件事告诉了大伙儿，蜂王一听十分生气地说：“这明明是野猪倚仗它的力气大欺负我们嘛！”它把大伙儿叫到一块儿，商量对付野猪的办法。

过了一会儿，蜂王命令长嘴将军率领手持长矛大刀的十万亲兵去征伐野猪。当十万亲兵遮天盖日，黑糊糊的一片飞到野猪跟前时，野猪正在攀折树枝，想找蜜吃，要干坏事哩！长嘴将军立即命令："全军集合！”自己独个儿跑到野猪跟前，说："喂！野猪，你如果马上离开这里，我们就既往不咎，保持友好关系。说实在的，我们是不愿意伤和气的。但是，你若不听我们的劝告，那就别埋怨我们不客气了！”

"哼！你们这伙小王八，还不知自己是老几？竟在老子面前耍威风，看我不一口吃了你们！”野猪十分蛮横，神气十足地说。它把长嘴将军根本不放在眼里，心想：凭我这身力气，你们能怎么样呢？

长嘴将军一看野猪毫无友好之意，立即招手示意，十万亲兵就像狂风暴雨似的扑了过来，你蜇我刺。不一会儿，把野猪刺得鼻青脸肿，疼得哼哼直叫。庞然大物的野猪，力气再大也无济于事，把一群小小的蜜蜂无可奈何，它急忙摇头摆尾，哼哼直跑。但是，蜜蜂寸步不离，嗡嗡直刺，疼得野猪东躲西闪，拼命地逃窜。

英雄的长嘴将军一见野猪已经跑出了自己的

国界，立即收兵凯旋。从此以后，蜜蜂又开始了自己辛勤的劳动。

1956年夏，原西北民族学院预科蒙古班青海省刚察县籍17岁蒙古族学生金巴讲述，贾晞儒记录翻译。此文选自贾晞儒编《青海湖畔的传说》，1981年5月青海人民出版社出版。

大象和猴子

有一只大象和一只猴子都因为自己有独特的才能而互不服气，十分傲慢。有一天，它俩一见面就争辩起来了。大象说：

“我身材高大，力量无敌。我能连根拔掉一棵大树，你行吗？”

猴子一听，很不服气地说：

“我的手脚灵敏，跑跳迅捷，高山可上，大树可攀，你行吗？”

正在它俩争论不休的当儿，松鼠跑了过来。它说：“你俩不必争辩了，光说大话有啥用呢？你们俩到底谁有才能，还是让我评一评吧！在那里有一棵大树，结满了好吃的果子，你们俩谁能摘来给我尝尝，就算谁的本事大，你们看怎么样？”

大象和猴子都接受了这个建议，异口同声地说：“好，我们俩比一比！”

但是，话音刚落，它俩又都犹豫起来了。

“叫我上树摘果子，那没说的。不过，要渡过那条大河，这……这倒是一件难办的事。”猴子为难地说。

大象也想了想，说：“过河我倒不愁，就是要让我摘那棵大树上的果子，就有点……”说着，就丧气地低下了头。

“你们俩谁都不必发愁，只要你们俩齐心协力，取长补短，什么困难都能克服！”松鼠笑着说。

“好啊，咱们先解决过河的问题。我会过河，猴子老弟骑在我的背上就可以过去。”大象一听高兴地说。

“太好了！过了河，我去树上摘果子，管保你们吃个够！”猴子也高兴地叫了起来。

大象把猴子背过了河，猴子上了果树一个劲地摘呀摘呀，不一会儿，树底下撒满了果子，也让大象美美地饱餐了一顿。

猴子从果树上跳了下来，对大象说。

“大象兄，咱俩再不比谁的本事大了吗？”

“不！不！不！俗话说‘独木燃不起火’，实在是千真万确的道理啊！我们俩虽然都有自己的长处，但是也都有自己的短处。如果我们俩能互相取长补短，齐心协力，就能克服各自的缺点，成一番大事业啊！”大象心悦诚服地说。

猴子打心眼儿里赞同大象老兄的话，它也接着说：

“说大话没有益处，光屁股没有温暖。我们要是不相互取长补短，齐心协力，各自的困难谁也克服不了。抬高自己，贬低别人，才是最愚蠢的行为。”

1955年春，原西北民族学院文工团青海省海晏县籍22岁蒙古族演员刚青讲述，贾晞儒记录翻译。此文选自贾晞儒编《青海湖畔的传说》，1981年5月青海人民出版社出版。

贪婪的狼

在一座大山的旁边住着一只母鸭。

一天傍晚，它带着自己的孩子在河边散步，看着河水清澈见底，就带着它们一块儿跳进河里游玩。正在这个时候，从山的后面跑来了一只黄狼，瞪着眼睛，咧着嘴巴说："你们为啥到这儿来了？这条河是我的，我非吃了你们不可！"

黄狼十分凶恶地威吓着母鸭和它的孩子们。

"老狼先生，你太不讲理了！你住在山的西边，这条河在山的东边，怎么成了你的呢？"母鸭毫不示弱地反驳道。只见黄狼瞪着两只贪婪的眼睛，直盯着小鸭。母鸭忙把自己的孩子护在身后，说："老狼先生，我给你抓几条鱼吃可以吗？""我才不吃那个臭鱼，我要吃你的小鸭子！"说着，就要向小鸭扑去。小鸭子吓得呱呱乱叫，钻进了母鸭的翅膀底下。

"老狼先生，鱼肉可好吃啦！又鲜又嫩，你若不信，先尝尝看。要是不香，你再吃我的小鸭也不迟嘛。"母鸭不慌不忙地说。

"行！鱼肉要是不香，我就要连你也一块儿吃掉！"

母鸭带着自己的孩子一边向河心游去一边说：“我给你抓鱼去！”老狼在岸上眼睁睁地望着它们游游荡荡远去的身影，满以为这一下不但可以吃到鲜鱼，而且会饱餐一顿鸭肉呢！但是，等了老半天，却不见母鸭送鱼过来，怒气冲冲，两眼直瞪，大声喊道：“喂！老家伙，快把鱼给我拿来！”

这时，母鸭带着自己的孩子已经游到了几丈深的河心，津津有味地吃着鱼虾，理也不理它一眼。老狼忽地一下扑进河里，想要去吃掉母鸭和它的孩子们。

但是，河水中怎么是它张狂的地方呢？无情的流水直往它的耳朵里、鼻子里、嘴巴里钻，呛得它喘不过气来，不一会儿就被河水淹死了。

“妈妈，老狼为什么这样笨呢？它不会游泳为什么偏要往河里跳呢？”小鸭子看见狼的尸体漂在水面，奇怪地问自己的妈妈。

“它太贪婪了，所以连自己的命都不顾！”妈妈笑着回答说。

“它不贪婪不行吗？”不懂事的小鸭天真地瞪着一双滴溜溜的大眼，问道。

“它要是不贪婪的话，大家就不叫它‘狼’了！”妈妈回答说。

后来，人们常用“贪得无厌的豺狼”来称

呼那些爱财如命、唯利是图、不顾别人死活的家伙！

1956年春，原西北民族学院预科蒙古班青海省刚察县籍17岁蒙古族学生金巴讲述，贾晞儒记录翻译。此文选自贾晞儒编《青海湖畔的传说》，1981年5月青海人民出版社出版。

精怪故事

道尼老人

很久很久以前，有一个叫道尼的老汉，他有七只灰羊和两匹枣骝马。老人给两匹马起了名，一匹叫做“飞行”，它性格暴烈奔走如飞；一匹叫做“爬行”，它性格温和走得也慢。

有一天，道尼老人出去放他的七只灰羊时，奇怪的事就出现了：他的一只母羊下了个金胸银背的小羊羔。他又惊又喜，把羊羔装进拾羔袋里放在母羊身边，就去吆喝羊群。等他回来时，一只乌鸦挖掉了那羊羔的两只眼睛。道尼老人气坏了，他骑上他的“飞行”，飞上天空，追上去，不一会儿功夫就抓住了乌鸦，并抽掉了它的舌头，然后放它走了。乌鸦回去后，向乌鸦王告了道尼老人的状。乌鸦王马上叫道尼老人来见它。道尼老人去见乌鸦王时，乌鸦王质问道：“你为什么抽掉我士兵的舌头？”道尼老人反问道：“你的那个士兵为什么挖去我金胸银背小羊羔的眼睛呢？”乌鸦王听了此话说道：“噢！如果是这样，那就错怪你了，你还是有理的。”便放他走了。

有一个夜晚，狼王对手下的一只狼说：“今晚，你去吃掉道尼老人的‘飞行’，这样我们以后再吃他的七只羊就不难了。”那天晚上，道尼老人在草场拴马时，偏偏调换了两匹马的位置。结果狼错吃了“爬行”。道尼老人知道了“爬行”被狼咬死，就骑上“飞行”追上去把狼皮活活地从屁股上剥到头顶后，又把它放回去了。那只狼拖着皮子，号啕大哭地回到家又给狼王告了状。狼王招来道尼老人问道：“老家伙！你为什么活活地剥掉我属民的皮子？”道尼老人反而气呼呼地质问：“你那该死的属民，为什么不吃我的烈性子的‘飞行’而吃我那驯良的‘爬行’呢？我没有把它打死就不错了！”狼王听后很抱歉的样子说：“如果确实是这样，你是有理由的，我对不起你了！”

有一次，有个妖婆对她的孩子们说道：“你们今天去杀了道尼老人，把肉拿来让我饱餐一顿。”便打发他们走了。道尼老人预感到妖婆要来害他。所以坐在自己的小黑屋里，煮了一大锅羊粪羊尿等他们。小妖怪们来到他家跟前，从小黑屋的门缝往里偷看道尼老人在干什么。道尼老人发觉后，把锅里的羊粪羊尿洒在他们的脸上，烫伤了他们的皮肉。小妖怪们烫伤了脸，跑回去又向老妖婆告了道尼老人的状。老妖婆去找道尼老人，问道：“你为什么烫伤了我孩子们的脸蛋？”道尼老人不慌不忙地辩解道：“你的孩子想要吃我，为什么不快点吃，还戳烂我的小黑屋干什么？”老妖婆听了此话，无话可答，只好假惺惺地笑了笑说：“如果真是这样，那你也是有理由的。”

从此以后，任何妖魔鬼怪和恶禽猛兽再也不敢随意欺负道尼老人了。

讲述者：苏荣克尔　男　30岁　蒙古族牧民　德令哈市宗务隆乡人

搜集、翻译：敖·才仁东德布

搜集时间：1985年8月

孤儿智斗莽古斯

很古的时候，在聪慧的鹞鹰年代；很早的时候，在聪慧的乌鸦时代，一户人家有一个独生子，父亲每天狩猎，母亲操持着家务。

有一天清晨，老汉去看夹熬[1]的时候，见夹住了一只会说话的狐狸。那狐狸见了老汉说："我是专吃那些破坏林木的野兽害虫的转世活佛，不能这样冤枉地辞世啊，请饶我一条性命吧！"狐狸一边说一边哭，显得非常可怜，十分伤心。

老猎人听了很生气地说："再狡猾的狐狸也难逃出猎人的手掌！"然后就拔出了尖刀。

狐狸急忙求饶道："仁慈的大哥！我不是人间野地里害人的普通狐狸，而是天上的转世活佛，你不信就看我的脊背是什么模样吧！"

老猎人一看狐狸脊背，脊背上真的长着三道发光的毛。老猎人很奇怪，就把夹熬松开放出了狐狸。这时狐狸摇身一变说："我是威镇八方，丑恶凶残的黑莽古斯！你救了我的性命，让我吃掉你吧！要知道，我可是好久没有吃人肉了。"

老猎人眼见莽古斯那副残暴的嘴脸，又怕又

---

① 夹熬：抓野兽的器械。

恨，但他没有办法。莽古斯一把将他抓起来带回洞穴去了。

不久，莽古斯打扮成猎人的模样，来到老猎人的家里。

他装出狩猎归来疲惫不堪的样子，又大声训斥老婆，又喊叫儿子，要茶要肉。然后一碗一碗地喝着奶茶，一盘一盘地吃着肥肉。吃饱喝足了，吹胡子瞪眼地说："我打了五六十只黄羊和兔子，又打了二三十只野马和盘羊，一个人驮不动，明天你们和我一块儿去驮回来吧！"当晚就在猎人家里睡下了。

天刚麻麻亮，莽古斯就起来了，他对猎人的孩子说："把家看好啊！"说完，就带着猎人的妻子走了。孩子等到中午还不见他父母回来，就骑上众马之首的黄色公马去寻找。走过长满菖蒲草的原野，跨过长满麻黄草的山坡，一直找到昏天暗地时，还是不见人影儿，这时他迷了路，只好在旷野里住了一夜。

孩子第二天早晨起身后，走了不远就来到一个草棚前。他走进一看，父亲的半个身子和母亲的头扔在那里，他吓得晕了过去。等清醒过来，他赶快拣起父亲的金手镯和母亲的银耳坠，拔腿就逃，不料，被早就埋伏在路旁的莽古斯抓住，连同他父母的尸体驮在黄公马背上回老窝去了。

背井离乡的孤儿在莽古斯的老窝里，每天干着苦活，累得死去活来，不觉过了一年。

有一天，孤儿拾牛粪的时候，遇到一头大红牛，他忽然想出了一个好办法：把大红牛抓起来，在尾巴里嵌进两把大针，然后把牛牵到莽古斯门口，高声喊道：“喂——尖刀给我，咱们来吃这头犍牛肉吧！”拿到莽古斯的尖刀后，他故意在一块大石头上摔断了。又在门口高声喊道：“这把尖刀劈不动这头牛呀！快给我再递一把刀吧！”莽古斯漫不经心地又递给了他一把刀。孤儿一拿上刀就骑上大红牛往外逃去。莽古斯发现他逃走了，赶紧追赶上去，这时孤儿已逃到了冰河岸边。莽古斯拼死拼活地追呀追，好不容易追到牛后，一把抓住大红牛的尾巴。尾巴里的大针一下子扎进它的手里，全断在手心里了，痛得嗷嗷直叫。趁它挑手上断针的功夫，孤儿快牛加鞭，一气跑过了冰河，藏在芦苇丛里。等莽古斯追到冰河上时，早已不见孤儿的踪影，只留下了大红牛的一滩稀屎。莽古斯以为孤儿和牛掉进冰窟窿去了，流出的这稀屎是他们的血呢，便洋洋得意地吼着：“嗬，让我来亲自尝尝你们鲜血的味道吧！”它低头舔冰上的稀牛屎。谁知舌头粘在了冰上，怎么也拔不起来。就在莽古斯拼命挣扎的时候，孤儿跑过来，一刀把莽古斯劈成了两半，替父母报了血海深仇。

后来他回到家乡，举办了三七二十一天的宴席，搭起了雪白的毡包，娶上了美丽的妻子，从此过起了幸福的日子。

搜集：天来才布西格

翻译：却拉布吉茫戈

此文选自乌云毕力格、跃进主编的《海西民间故事》，内部资料 1989 年 10 月。

弟 兄

从前，有一户牧人家里有兄弟两个。他们两个每天轮流去放牧，哥哥去放牧的那天，牛羊平安无事，可是弟弟去放牧的那天，总会少一只羊。

对于这件事，哥哥心里感到很奇怪。为了弄清这个谜，有天弟弟放牧去的时候，哥哥悄悄跟在后面。到了草场，他发现弟弟突然打了一个滚，摇身变成了一只狼，跑到羊群里抓住一只羊就吃掉了。然后又打了个滚，变成了原来的样子。

哥哥亲眼目睹了这一切，急忙回到家里，把看到的这些一一告诉了父母，并说：“这个人不像我原来的弟弟，他可能是害了弟弟后变成他模样的妖怪，我们必须想个办法离开他。”可是父母一听到这话，很生气地对他说：“你这个坏心的东西胡说些什么，你这不是故意陷害自己的弟弟吗？”

就这样，父母不但没有相信他的话，反而把他骂着打着赶出了家门。大儿子被父母赶出家门后，心里很担心，又无奈，只是没有目标地往前走。他走着走着来到一户人家，便住下来了。不久，大儿子和这户人家的一位姑娘成了家。

他们家养着两只老虎，小两口每天喝虎奶过

日子。就这样过了几年，他非常担心家里的父母和牛羊。有一天，他决定回家去看望父母，临走时对妻子说："我要看看父母去，他们现在不知怎样，我走一趟。我走了以后，如果这两只老虎在拴柱上拼命挣扎着想解脱的话，你就把它们赶紧放开！"吩咐完就走了。

当他快走到家门口时，弟弟迎上前来带着笑脸很热情的样子说："哥哥，你回来了，这么长时间你到哪里去了？可把我给想坏了，来！快进屋去。"哥哥走进家里一看，父母不在了，成群的牛羊也一无所有。

弟弟说："哥哥，你走远路走累了，在家里歇着喝喝茶，我去背一桶水来，"说完弟弟背着水桶出去了。过了一会儿，哥哥悄悄地从帐篷里出来一看，弟弟正在帐篷后面磨刀子。

哥哥看到这个情景，赶紧爬到一棵大树上藏了起来。弟弟磨完刀子向帐篷里喊："哥哥，哥哥"叫了几声，听不到一点动静。他东张西望，发现哥哥在树上，就跑过来挖起树根来。正在这危急的时候，两只老虎像箭似的冲了过来，直冲到那弟弟跟前，把他撕成了碎片。

原来，妖怪趁弟弟放羊的时候，偷着跑来吃掉了弟弟，变成弟弟的模样冒充了他。可父母却不听老大的话，一直认为老大在陷害小儿子，结果被妖怪吃掉了。

老大在两只虎的帮助下，消灭了妖怪，平安无事地回到了家里。

讲述者：才拉　女　61岁　蒙古族牧民　乌兰县赛什克乡卜浪沟村人

搜集、翻译：跃进

搜集时间：1988年秋

金姑娘、银姑娘和木姑娘

很久以前，有个富人家有金姑娘、银姑娘两个女儿，还有一个使唤丫头木姑娘。金姑娘有金水桶、金水勺；银姑娘有银水桶、银水勺；木姑娘也有木桶和木勺子。

使唤丫头木姑娘是个奸诈、恶毒的人，经常有害金、银姑娘之心。有一天三个人一同去河边背水，到了河边后，木姑娘对金姑娘、银姑娘说："我们三个往河里扔自己的水桶玩，看谁的能浮上来。"金姑娘、银姑娘没有多想，就和木姑娘一道将各自的水桶扔进了河里，结果只有木姑娘的木桶浮在河面上，而金姑娘和银姑娘的水桶都沉到很深的河底，没能浮上来。

金姑娘、银姑娘见丢了珍贵的金桶、银桶很着急，很怕回去后没法向父母交待，便让木姑娘先背水回去，并让木姑娘代问她们的父母：他们是要金姑娘、银姑娘，还是要金桶、银桶。

木姑娘背水回去，就将两位姑娘丢失了金桶、银桶的事禀报了两位姑娘的阿爸，并问他是要两个女儿呢还是要金桶、银桶。金银姑娘的阿爸听了说："我自然是要我的两个女儿，金桶、银桶丢了就丢了，你赶快回去转告我的两个女儿，让她们快回家来。”说着给金、银姑娘每人一把葡萄干，让木姑娘带给她们，给了木姑娘一把炒青稞。

木姑娘很嫉恨金银姑娘，在路上就吃了原本要给金银姑娘的两把葡萄干。来到金银姑娘的身边，木姑娘说：“你们的爹娘知道你们丢了金银水桶很生气，你们的阿爸说：‘要金桶、银桶，不要金姑娘、银姑娘。’让你们自己逃命去。”说着将原本给自己的一把炒青稞分给了金姑娘和银姑娘。

金姑娘、银姑娘听了很伤心，没办法只好领着木姑娘去流浪。一天他们三人来到了一个王爷家，王爷见她们无处可去，就将她们留下来给他家放牧。

这个王爷家只有一个儿子，尚未娶亲，正在四处托媒说媳妇，但始终没找着合适的。一天王爷请来了一位有名的卦师让他算算儿子的婚事。卦师算了卦说：“你们家的儿媳妇，已到了你们家里，明天你让三个放牧的姑娘坐在一起，让少爷射一枝无头的箭，箭落在谁的怀里就为少爷娶谁”。王爷听了很高兴，重赏了卦师。

第二天，王爷让金姑娘、银姑娘和木姑娘坐成一排，拿了一枝无头的箭，用棉花包上箭头让公子射了一箭，结果箭不偏不斜刚好落在了金姑娘的怀里可是还没等王爷他们看清楚，金姑娘旁边的木姑娘，就伸手把箭抢过来放在自己的怀里。就这样木姑娘做了王爷家的儿媳妇，而金姑娘倒成了她的使唤丫头。

一天，木姑娘假装和金姑娘一起去背水。将金姑娘骗到井口边，从后面猛地一下把金姑娘推进了井里害死了金姑娘。

银姑娘失去姐姐后，没法子就给木姑娘当起了使唤丫头。一天，银姑娘去背水，看见井口边有一只雪白的小羊羔，羊羔开口说道："我是你的姐姐金姑娘转世的，总有一天木姑娘会认出我并会再次加害我，她杀了我后，你得把我的骨头收齐了放在后山上。"

银姑娘领着姐姐托生的白羊羔回去后，就被木姑娘认出来了，木姑娘当即又将小羊羔杀了，把肉煮着吃了，并啃了好一会儿羊踝骨。木姑娘吃饱喝足睡着后，银姑娘含着泪将羊羔的骨头全收起来，捧到后山上放下了。

过了三天，银姑娘再到后山放羊羔骨头的地方看时，见到放羊羔骨头的地方立着一座佛塔，塔里坐着一位跛腿的菩萨，菩萨见了银姑娘说："我是白羊羔转世的，我腿瘸是因为黑心的木姑娘不但吃了我的肉，还啃坏了我的踝骨，现在到了我们跟黑心的木姑娘算账的时候了，你只要将王爷叫到我跟前，后面的事交给我。”

银姑娘回去千说万说，终于将王爷叫到了后山佛塔前，跛腿菩萨将事情的前因后果对王爷说了一遍，见王爷还半信半疑，就说：“您回去后给木姑娘肉吃，但别给她喝水，那样你就会看到她的本来面目。”

王爷回去后，吩咐一个邻居假装请木姑娘去吃肉。邻居按王爷的吩咐给木姑娘吃了很多肉，但找各种借口，没给木姑娘喝一口水。

木姑娘在回来的路上，口渴得不行，因为是冬天，河水都结冰了，木姑娘便变成一只狐狸啃河里的冰，暗中跟着的王爷看到这个情形，才相信了跛腿菩萨的话，便让卫兵上前打死了狐狸。

回来后王爷修了庙宇供奉跛腿菩萨，并让银姑娘做了自己的儿媳，他们从此过上了美满幸福的生活。

此文选自《海晏蒙古族旗志》，2009年1月，内部资料。

生活故事

巴颜的两个儿子

很久以前，一位年迈的巴颜①与两个已经成家的儿子生活在一块。他去世前，把老大叫到跟前说：“我死后，把财产分成两份，你们兄弟俩每人一份。”

话说完他就咽了气。老大在葬了父亲后不久，对弟弟和弟媳说：“阿爸去世时，把我们家的财产都留给了我，你们就赶上几只羊，拿上点吃的去别处过日子吧！”

老二两口只好赶着老大分给的几只羊，拿着一点吃的在离老大家不远的地方住了下来。

过了些日子，老二两口吃完了仅有的一点东西，只得到老大家去借吃的，老大两口啰里啰嗦地说了些很难听的话，只借给了一点点东西。老二两口拿回来后很快就吃光了。没有办法，老二又想要去老大家借，妻子说：“只靠借着吃饭，要借到哪一天？不如你去老大家借几只母羊和一点青稞种子，我们养羊生羊羔，种青稞，这样我们也会慢慢变得有吃有穿了。”

老二听了妻子的话就到老大跟前借青稞种子

① 巴颜：蒙古语，意为富人。

和母羊，老大听了后说：“你借了什么就必须给我还什么，不然就不借给你。”

老二听了感到不好办，对老大说：“我给你家里做活，顶你的羊和种子吧！”

老大不答应，只是坚持要老二借什么还什么的条件，老二没办法只好答应了。这时，老大妻子知道了情况后说：“母羊会下羔，种子会长出庄稼来。光是借啥还啥，借多少还多少还不行，必须借一还十，不然就不借了。”

老二也没有法子，只好答应了。老大老婆就给老二一袋子青稞种子和几只母羊，对老二说：“把青稞种子趁天还没亮前种在地里，只有这样种庄稼才会有收成。”

老二以为嫂子是在关心自己，非常高兴，便赶着羊，背着口袋回家了。他哪里知道，嫂子给的种子是煮熟的青稞，给的母羊是不会生羔的羊呢。

不论老二怎么精心地饲养母羊，也不见有下羔的迹象，也只好罢了。他按照嫂子的主意种了青稞，可是好长时间了，也不见长出苗来，心里很着急。一天，他发现了一棵青稞苗，非常高兴，整天侍候着，把它看成了心尖上的肉，头上的眼珠子。慢慢地小苗长大了，长出一个大穗头来，老二更是每天守着舍不得离开穗头。

有一天，老二在地里看青稞穗头时，突然飞来一只老鹰把穗头叼上就飞走了。老二一见又气又急，赶快朝老鹰飞去的方向追赶，追了半天也没追上。这时候刮起了大风，接着黑云密布，下起雨来。老二还在追着，突然，在老二眼前出现了一个胡子长得过了膝的老汉问他："小伙子，你为什么这样不停地跑着？"

老二一五一十地给老汉说了自己的遭遇。老汉笑着说："既然这样，我就领你到一个地方，你捂住耳朵，闭上眼睛吧！"

老二按照老汉所说的，被老汉背到天上的金山跟前，老汉对老二说："小伙子，这金山上到处是金子，你能拿多少就拿多少。不过，要我说，金子多了也没有用，你只要拿上三块大碗大的金块，就够你用一辈子的。"

老二心想：老汉说得很对，我用不了三块大碗般大的金子，就拿上三块小碗大的吧！于是，他只拿了三小块金子后对老汉说："我拿够了，您带我回去吧！"

老汉看着老二说："你这个小伙子真不错，你回去后就用金子到另外的部落王爷跟前换些牲畜回来，不要到你们的王爷跟前换。因为'人突然富了性命危险，偶然吃饱了肚子得病，'别人见你突然有金子换王爷的牲畜，就会靠离得近的方便来害你。”

老二点头答应了。老汉背着他回到了原来的地方，他向老汉表达了自己的感激之情后回到家里。

过了两天，老二到领近部落的王爷跟前用金子换了些牛羊和马赶了回来，又修了蒙古包，生活变得很富足。

老大两口见老二日子过得很好，就来老二家中打听虚实，并想问明变富的原因。老大笑嘻嘻地问老二：“兄弟啊，你和我是一个阿爸养的，一个阿妈生的，你遇上了啥好事富成这样，给我说一说，我也发点财。”

老二感到很不解，忙问道：“哥哥啊，你有那么多财富，还要发财干什么呀？”

老大听罢叹了一口气说：“咳！财富就像冬天的雪一样，很快就会化掉的。我平时不想办法发点财，到家产用尽的时候再找门路就迟了。求求你好兄弟，给我说说发财的办法吧！”

老二见老大缠着没完没了，就把自己发财变富的经过告诉了哥哥。老大回到家里，就叫妻子煮好青稞种子，播种时里面只放进一棵没煮的种籽。多亏他竟也起早贪黑，精心呵护和侍候长出的一棵苗，后来苗结了穗，他就耐心等着老鹰来叼。果然有一天，老鹰飞来叼走了青稞穗，他就一直追过去，他也碰到了刮风下雨的天气和那个老汉。然后他就学着老二说过的话，骗得老汉背他到了天上的金山。

他见到了满山黄灿灿的金子，高兴得把金子一堆堆拢起，没完没了，老汉等了半天，还不见他有要走的意思，就对他说：“小伙子，该走了，要不，太阳一出来你会被烤死的。”

老大理都不理，只管拣金子。老汉又催了一次，他还是不管不顾。当老汉第三次又劝他走时，他骂起来了：“老糊涂，我拿金山的金子，你管啥，我不要你管，你走吧！走吧！”

老汉转身走了，老大还在忙着堆金子，心里想着把金子拿回家后怎么用。突然，云散天晴，火热的太阳出来了。他感到很热，但还是舍不得离开金山，冒着大汗在堆金子。慢慢地，太阳越烤越热，最后把这个贪心的人给烤死了。这正应了我们蒙古族所说的“贪心者丢性命，烂口袋丢食物。”这句谚语。

讲述者：尼玛　男　56岁　蒙古族牧民　乌兰茶卡乡人

搜集：秦建文

翻译：才仁巴力　李存福

搜集时间：1984年

诺颜狩猎

从前，有一位诺颜，他对自己的家奴动不动就破口大骂让他们拼命干活，不管他们的饥饿死活。

有一次，诺颜带着家奴上山狩猎。到山里他们跑了整整一天，才打了一只野兔。随从的几个奴仆煮熟了野兔肉，跑去问诺颜："诺颜大人，野兔肉已经煮好，您吃哪一块肉呢？"诺颜心想：一般牛羊的胸骨肉又肥又好吃。这么一想，便说："我要吃野兔的胸骨那一块！"随从们遵照诺颜的吩咐，把野兔的胸骨端来给诺颜，他们自己分吃了骶骨和四条腿，美美地吃了一顿。原来野兔肉最多的地方是骶骨，可诺颜却不知道，只啃着胸骨，空肚挨着饿过了夜。

第二天，他们又出去狩猎，从早到晚跑了一整天，才打了一只野鸡。随从的几个奴仆把野鸡肉煮熟后，问诺颜吃哪一块。诺颜想：昨天吃了野兔的胸骨肉，连我的牙缝也没有填满，看来野兽的肉还是在骶骨上最多。照这么看，我今天应该吃骶骨肉。想罢就说：

"我要吃骶骨肉。"

随从们照他的吩咐，端来了骶骨。诺颜啃来啃去，连牙缝都没有填满。原来野鸡的肉都在胸骨上，可诺颜却不知道这一点。晚上诺颜几乎饿昏了。

就这样，诺颜打了两天猎差点饿死，只得空手回家。诺颜经过两天的狩猎，明白了人不吃饭会饿死的道理，并改善了家奴们的饭食。

从此，诺颜再也不出来狩猎了。

讲述者：却苏荣加布　男　40岁　蒙古族牧民　格尔木市郭勒木德乡人

搜集、翻译：乌云毕力格

搜集时间：1988年10月

国王的头有五斤

在很久以前，有一个老头，他有三个儿子。老头在王宫里当了一辈子的奴仆，没有得到一点报酬，老死了。大儿子为了养家糊口继承了他父亲的差事，过了几年，他也身无分文地回来了。

二儿子说："现在我到国王家去，把哥哥和父亲所挣的血汗钱要回来！"说罢就走了。过了几年他还是一无所有地回来了。

这时，最小的儿子说："现在我到国王家去，把父亲和两个哥哥所挣的血汗钱都要回来，如果要不回来，我就不是人！"说罢就走了。

当他到了王宫时，国王对他说："你父亲和两位哥哥的血汗钱我可以分文不少地给你，但是你得给我干五个人的活，我也可以给你五个人的钱。"小儿子说："好！"

从此，小儿子就每天干五个人的活。干完了国王给他的所有活儿，他要求回家时，国王说："现在我要考一下你到底有多大的能耐。"说着就把小儿子带到一个没有水的沟旁，要他让这条沟里流起水来，如果办不到的话，这几年干活的报酬分文不给。原来国王用这个难题难住了所有的仆人，达到他不给报酬的目的。

小儿子想着这个难题，他想啊想，可想不出个好法子来。他无奈抱着膝盖坐在沟边，这时有一个小孩追着一只小鸟跑了过来，对小儿子喊道：“朋友，朋友，帮我把鸟捉住！”小儿子就站起来说：“你如果能帮我把这条干沟灌满水，我就帮你捉鸟。”那个小孩说：“朋友，朋友，那没有问题，你只要把源头的那块青石头搬掉就可以了。”

他赶快就帮那个小孩把鸟捉住，然后就照小孩说的话，把干沟源头的那块青石头搬到一边。果然，从地下喷出了清泉，流入干沟，干沟变成了一条小河。

小儿子心里很高兴，回去后告诉了国王。国王又故意为难他说：“如果你那么聪明的话，我的头有几斤重，你能说出来吗？”小儿子马上回答说：“国王的头有五斤重。”国王气急败坏地说：“胡说！你不要信口开河。”小儿子不慌不忙地说：“国王你别生气！我们当着大家的面砍下你的头来称一称，不就明白了？”国王实在没办法，只好把所有工钱还给了小儿子。

小儿子拿了工钱，高高兴兴地回家了。

讲述者：达西东德布　26岁　蒙古族牧民

搜集、翻译：跃进

搜集时间：1988年秋

金银盾牌

古时候，有两位将军一块儿去城里买盾牌。卖盾牌的人随便取出来一个，让他俩仔细观看，一位将军站在左边看，另一位将军站在右边看。站在左边的将军说：

“这是个金质盾牌，再好不过了！”

但是，站在右边的将军却反驳说：

“怎么是金子的？明明是银子的嘛！你看错了。”

站在左边的将军很不服气，又仔细观察了一阵，很不满意地说：“哼！不是我看错了，是你看错了！这盾牌明明是金子做的，你硬要说是银子做的，岂有此理！”

两个将军你一句我一句，争论得面红耳赤，谁也不服谁。

正当他们争执不下的时候，卖盾牌的人哈哈大笑起来，说：“你们俩说的都不全对。请你俩再看看！”他把盾牌翻了个面儿，让他俩仔细再看。两位将军都瞪着大眼，仔细一瞧，才恍然大悟。原来他俩只看见了盾牌的一面，而没看见另一面。

这时，卖盾牌的人才对他们说：

“你们只看一面不行，两面都要看看，才能知道这个盾牌的好坏了。”

1954年冬，原西北民族学院文工团青海省海晏县籍21岁蒙古族演员刚青讲述，贾晞儒记录翻译。此文选自贾晞儒编《青海湖畔的传说》，1981年5月青海人民出版社出版。

法律变铜元

古时候，在辽阔的蒙古草原上，有一位双目失明的说书艺人，一年三百六十五天，背着马头琴走东窜西，到处说唱。

过了几年，因为他说书小有名气，赚了不少的钱，吃穿不但不缺，而且还积攒了一些金银，准备到了年老体弱不能行走时维持生活。一天，他正在人群里拉着马头琴，说书演唱，一个穿着锦缎长袍，外套一件蓝色麒麟马褂，脚蹬一双香牛皮靴的人，歪戴着帽子，摇摇晃晃地走了过来，钻进人群里，单腿盘坐在艺人跟前，装作侧耳倾听的样子，却目不转睛地盯着艺人怀里的钱包，不觉流下了涎水。

艺人唱完了，大伙儿都各自散去。身穿锦缎长袍的人，趁机将手伸进艺人怀里，把钱包掏了出来。双目失明的艺人感到有人掏他的钱包，立即伸手去抓，并且大声呼叫："光天化日之下，有人抢我的东西啦！"

附近的人闻声跑了过来，立即抓住了这个小偷，指鼻挖眼地骂道："你这样富足的人，竟然欺负这样一位可怜的盲人，真不知羞耻！"

小偷抓住钱包不放，大声说：“你们想想，他这样一个穷艺人，哪里能有这么多的金银？是他抢了我的！”

“这个坏家伙还在诬害好人，走！”众人一听越加气愤，就你推我搡，拉他去见诺颜。

诺颜听完他们的申诉，怒斥小偷：“跪下！老实交待，你为什么要在光天化日之下抢劫一个穷艺人的金钱呢！扰乱治安，该当何罪？”

“诺颜大人，请你息怒。我祖祖辈辈都是有钱人家，怎么能做这样见不得人的事呢？我就一天坐着吃我祖先留下的产业，一辈子也吃不完呀，何必去抢一个穷艺人的钱呢？”小偷装腔作势地说。

“你是你祖先的败家犬！不务正业的小偷！早已不配作富豪之家的后代了！你老实交待，为什么要偷他的钱？你还有脸在这儿狡辩？你的老子怎么生了你这样一个不成器的东西！”诺颜厉声斥责。

“诺颜大人，我们家是光明磊落的人家，我的父亲你也是认识的，我决不会干偷别人钱财的事！”小偷毫不在乎地说。

“胡说！谁认识你那个教子无方的父亲？”诺颜怒发冲冠，严厉斥责。

“诺颜大人，我要是给你说了我父亲的名

字，你一定认识！”小偷肯定地说。

“我看，我也要给你的老子治罪！你说，你的老子叫什么名字？”诺颜惊诧地问，语气已经软了下来。

小偷向诺颜挤眉弄眼，说道：“我的父亲满脸麻子，是个驼背，名叫五十。”

诺颜沉思了半天，笑着说：“扎！这件官司还挺麻烦的，明天再来审理！”立即叫盲艺人和小偷回家去了。

到了晚上，小偷从盲艺人的钱包里取出五十两麻子脸、罗锅背的元宝作为贿赂送给了诺颜。

第二天，诺颜又把他们俩叫来审判，但是，他跟昨天的态度完全不一样了！再没有训斥小偷，而是严厉斥责盲艺人：

“你这个瞎叫花子，不安分守己，却胡作非为，嫉妒富人，你竟敢陷害好人，该当何罪？”

盲艺人听了诺颜的话，默默不语，两手扒地，耳朵紧紧贴在地上，好像倾听什么似的。诺颜十分惊奇，就问：

“喂！你这个杂种在干什么呢？”

“诺颜大人，昨天就在这个地方，国法给我说话，今天却是银元响哩！说不定这里面有银元，我想挖出来送给诺颜大人呢！”盲艺人不紧不慢地说。

诺颜一听；面红耳赤，把盲艺人赶走了。

1955年冬，原西北民族学院预科蒙古班青海籍15岁蒙古族学生本登利亚讲述。贾晞儒记录翻译。此文选自贾晞儒编《青海湖畔的传说》，1981年5月青海人民出版社出版。

后长的犄角比先长的耳朵长

有一位老喇嘛要为众生造福去拜佛朝圣，他离开了故土，要到遥远的圣地去。这位老喇嘛走着走着，走到了一条大江边，无法过去，就想先找个歇脚的地方。这时，太阳快要落山了，突然，乌云压顶，狂风呼啸，不一会儿就下起暴雨来了。老喇嘛顾不得先给主人打个招呼，就一头钻进一家茅屋里去。

这个家里只有一位老渔夫，家俱什物寥寥无几。他环顾四周，发现了一件有趣的东西：一个大瓶子里装着一条大花蛇。他过去一看，瓶口塞得严严实实的，空气一点儿也进不去，憋得花蛇在瓶子里奄奄一息，好不可怜。老喇嘛十分怜悯，便问主人：

"你为啥把它装进瓶子里，叫它这样活活受罪呢？"

"它是毒蛇！还能让它好好地活着？"老主人回答说。

老喇嘛一听，心里想：我是拜佛朝圣的人，不能见死不救。他要不放掉这条花蛇，我就用钱把它买了！想到这里，他就对老主人说：

“老兄，把这条蛇卖给我吧！”

“只要价钱合适，怎能不卖给你呢？不过，这个瓶子是我装酒用的，不能卖给你。”老主人回答说。

老喇嘛听了主人的话，心里盘算着：我要是把这条蛇买了，一出门就把它放掉，还会被这个老家伙抓住杀死的。一不做，二不休，我一定要叫这条蛇死里逃生，决不能让这个老家伙把它害死！他又对老主人说：“我用五钱银子买你这条蛇，可以吗？”

两个老人争执了半天，最后说定用五钱银子买了这条花蛇。雨后，老喇嘛就要把这条蛇带走，他将背架[①]作为抵押放在主人家里，等他还回瓶子后，再背走自己的背架。

老喇嘛带着装有花蛇的瓶子，向远方走去。走在路上，他先偷偷地打开了瓶口，让空气钻进瓶子里。因为瓶子里有了空气，花蛇慢慢地苏醒过来了。老喇嘛看见花蛇慢慢醒了过来，十分高兴，他自言自语说：“一不做，二不休，我一定会叫你死里逃生的！”

花蛇复活了，悄悄探出头来，吐着信子，老喇嘛一看，不禁打了个寒战，他忙把瓶子放在地上，细细观察起来。花蛇收回自己的舌头，又把

① 背架：喇嘛出远门背的一种放行囊的架子。

头缩进瓶子里去。老喇嘛心里想：我是救你的恩人，你总不会伤害我吧？接着，他又拿起瓶子向前走去，一直走到老渔夫看不见的地方。

但是，大雨过后，艾力的孩子们一个个都跑了出来，像鸿雁似的在江岸叽叽呱呱玩耍嬉闹，他无法将花蛇放掉。

老喇嘛站在江崖边，把瓶子放在地上，正在思忖，瓶子里的花蛇突然蹿了出来，缠住了老喇嘛的脖子，老喇嘛吓得失声大叫：

“我是你的救命恩人，你为什么恩将仇报？”

“是的，你是我的救命恩人。我在瓶子里差一点儿憋死了，现在我需要你身上的热血来滋补我的身体。你既然要‘一不做，二不休’救我的命，那你就应该满足我的这个要求！”花蛇回答说。

老喇嘛一听，吓得魂飞魄散，大声呼救。在江岸玩耍的孩子们听到呼救声，急忙跑了过来，只见一条花蛇缠着一位老喇嘛的脖子，正要吸他的血哩！一位姑娘忙问道：

“这是怎么回事？”

“我救了这条花蛇的性命，它反过来还要吸我的血。世上竟有这样的道理？真是个忘恩负义的家伙！”老喇嘛胆战心惊地说。

“这位老人是我的救命恩人，他自己也说一不做，二不休，一定要把我救活。我伤了元气，现在需要他的血来滋补我的身体嘛！用他的血救活了我，不正是实现了他的诺言吗？”花蛇也争辩着说。

小姑娘听了老喇嘛和花蛇的话，笑着说：

“你们俩的争执只能由第三者来评理。现在请你们俩再别争吵，先听我的吧！我问你们，你们俩的争执是怎么引起的？”

“我抱着瓶子跑出来，刚放到地上……”还不等老喇嘛把话说完，花蛇便插嘴道：

“我在瓶子里憋得慌……”

小姑娘打断了他们的话，摇了摇头说：

“你们俩都没有说老实话。比如，你这么大的一条蛇怎么能钻进瓶子里去呢？如果你再能钻进这个瓶子里的话，我就让你吸我身上的血。”

花蛇一听，十分高兴，心里想：小姑娘的血，是难得的滋补身体的佳品，何乐而不为呢？然后它嗖地一下蹿到地上，就向瓶子里钻去。等花蛇刚一钻进瓶子，小姑娘急忙堵住瓶口。老人一看高兴得哈哈大笑，十分感激地说：

“小姑娘啊，你可真是我的救命恩人呐！祝福你长生不老！”

“老阿布[①]，谢谢你对我的良好祝愿。希望你以后再不要怜悯这样的毒蛇了！从此以后，要

① 阿布：蒙古语，即父亲，也用作对老年人的尊称。

吸取教训，千万不要做那些不分善恶的蠢事，要提防恶人啊！”说着，就向老喇嘛行了告别礼，转身找她的小伙伴玩耍去了。

“唉！真是后长的犄角比先长的耳朵长啊！这个小姑娘实在聪明，说的话句句在理。”老喇嘛长叹一声，用感谢的目光，一直望着远去的小姑娘。

1955 年秋，原西北民族学院预科蒙古班青海省乌兰县籍 15 岁学生朋次海讲述，贾晞儒记录翻译。此文选自贾晞儒编《青海湖畔的传说》，1981 年 5 月青海人民出版社出版。

六个小偷的故事

很久以前，有六个到处流窜偷羊宰牛的小偷，害得牧人不敢离开羊群，猎人不敢走出家门。

有一天，他们六个走着走着，看见在一条深沟里摔死了一只狮子，十分高兴，异口同声地说："我们跑了好几个浩特，连一只绵羊也没有捞到，这下可好了！老天爷总算睁了眼，给我们这样厚的恩赐！"

他们六个商量了一下：三个去剥皮，三个到河边提水，煮熟狮子肉分着吃。

剥狮子皮的三个小偷悄悄地商量："这狮子的肉要是咱们三个吃的话，够吃几个月。"于是，他们就切开三小块肉放进毒药，想把打水去的那三个毒死，他们好多分一些。

打水去的三个小偷也悄悄地说："要是没有他们三个的话，我们三个就能吃好几个月。"他们也给一桶水里放进了毒药，想把剥皮的三个毒死，自己分着吃。

剥狮子皮的三个小偷，喝了有毒的水就死去了，另外三个小偷也因为吃了有毒的肉，跟着也死去了，剩下的狮子肉，却被跑来的狼吃光了！

1955年冬，原西北民族学院预科蒙古班青海省乌兰县籍15岁蒙古族学生朋次海讲述，贾晞儒记录翻译。此文选自贾晞儒编《青海湖畔的传说》，1981年5月青海人民出版社出版。

三个懒汉

从前，有三个懒汉，一个叫敖尔西格台，一个叫雅尔西格台，另一个叫图伯格台。他们一同赶路，走到天黑还不见一户人家，就商量在一个破寺院里过夜。

这时，正是寒冬腊月，北风凛冽，晚上又下着大雪，把他们三个冻得蜷缩成一团，挤在一起，几乎喘不过气来。

“唉！怎么这样冷啊？”敖尔西格台已经冻得忍耐不住了。

“嗨！手脚都冻僵了！”雅尔西格台也叫起苦来了。

“真把人要冻死！”图伯格台也叫苦连天。

过了一会儿，敖尔西格台实在忍受不住了，就提议：“咱们出去一个人拣些木柴来烧起篝火，就会暖和的！”

“是啊！这太好了！谁出去给咱们拣些干柴来呢？”雅尔西格台一听，十分高兴地说。

“对啊！要是有一个人给咱们拣来干柴，今晚准能暖暖和和地过一夜呢！”图伯格台也高兴地说。

但是，他们三个说了半天，谁也不肯出去，都希望有一个人拿着干柴来给他们，三个人依然紧紧地挤在一起，谁也不动一下。

又过了一会儿，三个懒汉已经冻得手脚失去了知觉，敖尔西格台实在忍受不住，就说：

“雅尔西格台，你给咱拣些柴去，我的脚已经冻肿，不能走了！”

“图伯格台，你给咱们拣柴去，我的肚子冻得绞心疼，实在受不住了！”雅尔西格台接着敖尔西格台的话说。

“还是敖尔西格台去！我的头已经冻成了铁块，起都起不来了！”图伯格台一听很不高兴地说。

他们三个谁也不肯出去，都是“吃现成饭，放死骆驼”的懒蛋！

到了半夜，雪越下越大，凛冽的寒风像锋利的尖刀直向他们身上刺去。敖尔西格台心里想：反正他们俩冻得受不了时，总会出去拣些柴来的，我才不怕呢！

雅尔西格台心里也想：冷得厉害了，他们俩总会出去拣些柴的，我何必着急！

图伯格台心里也说：他们俩总不会叫冻死的，到时候，他们会出去拾柴的！

第二天早晨，三个懒汉都冻成了一堆冰块！

1956年夏，原西北民族学院预科蒙古班青海省乌兰县籍16岁蒙古族学生朋次海讲述，贾晞儒记录翻译。此文选自贾晞儒编《青海湖畔的传说》，1981年5月青海人民出版社出版。

“聪明”的猎人

过去，有一位“聪明”的猎人上山去狩猎。

那座山里有各种各样的禽兽，真是狩猎的好地方。但是，“聪明”的猎人常常空着手回家，这是为什么呢？因为在他看来，那些禽兽都不值得抓捕，他要抓到世界上最好的禽兽呢！那么，世界上“最好的禽兽”是什么呢？他自己却说不清楚。

有一天，他到了山上，看见了一只小鹿，笑着说：“细长的分叉犄角，干瘦的四条腿儿，长相太难看了！我要抓了这样的丑东西，不是毁坏了我的名声吗？”他嗤之以鼻，看都不看一眼就走了。

他走到一座山脚下，又看见了一头大象，他左瞧瞧右看看，翘着鼻子说：“腿像发了酵的面团，屁股上长了一条上粗下细的秃尾巴，粗鲁难看，我要是捕获了它，不是玷污了我的美名吗？”他看都不看一眼，又大摇大摆地向前走去。

从早到晚，他没有见到一个称心如意的猎物，心里十分懊悔。正在这时，飞来一只土蜂。“聪明”的猎人一眼就看见了，十分高兴。心想：

这家伙一身都是肉，没有一根骨头，细长的眉毛，美丽的脸蛋儿，清脆的歌声，真是世上独一无二的好宝贝！我捕获了它，不但对我有很多好处，而且我的美名更会四海传扬！他立即举起猎枪，瞄准射击。

但是，因为他昨天射击蝴蝶用完了子弹，今天一颗也没有了，只得十分惋惜地空着手回家了！

1956 年春，原西北民族学院预科蒙古班青海省刚察县籍 15 岁蒙古族学生金巴讲述，贾晞儒记录翻译。此文选自贾晞儒编《青海湖畔的传说》，1981 年 5 月青海人民出版社出版。

心比心

相传很久以前，有位老母亲和两个儿子，弟兄俩都娶了媳妇。

老二两口子，人善良老实，到分家时，老二两口要侍奉老母亲。老大多占多分，日子过得比老二要好。老二家只能勉强糊口，老二妻子只好常到别人家干活，帮男人挣一些钱来。

一次二媳妇给一位员外家去帮厨，回家时，将一块肉放入袖内想带回家让母亲吃。二媳妇走到半路去小便，不料肉掉到尿上，但她舍不得丢掉，拿回家洗得干干净净，煮了让母亲去吃，事前也说明了掉到尿上的原因。母亲说："儿啊！这没什么，这肉不是非常香吗？"说着吃完了肉。

就在此时，天上雷鸣，地上风刮，黑云翻滚，天气越变越糟，二媳妇一见吓坏了，对母亲说："妈，我把掉在尿上的肉给你吃，怕是雷公来惩罚我了。"老母亲也急了，就连忙把儿媳藏在一棵大树下，刚藏好时，树上面忽然炸雷般猛地一响，老母亲和儿子看着都哭了。谁知一会儿就雨过天晴，那媳妇不但没有死，并且在她面前放着一坛银子。

有了银子，老二家可就富起来了，老大两口一听老二媳妇得到这么多银子，就跑来问她是怎么得到的？老二就把前因后果全盘端了出来。老大回到家对媳妇说：“你也去学老二媳妇那样，我就也得来些银子。”

老大媳妇便像老二媳妇那样把家里的一块肉放在尿上，拿出来洗一下给母亲吃。母亲一嗅有尿味就不吃了。这时老大说：“妈妈，你既然吃了二媳妇送来的肉，怎么大媳妇送来的肉就不吃呢？”母亲没办法也只得吃了下去。刚吃完，天气忽然阴暗下来，雷震得连树叶都往下落。老大媳妇赶忙跑到大树下面，随后猛然一声巨响……

天放晴后大儿子跑去看银子，哪有银子哩！只见大媳妇的身子碎成几截，已经死了。

讲述者：阿年贤　男　45岁　蒙古族　清平乡阿家村农民

记录：李鸿聪

此文选自赵生明主编的《大通县民间故事》1986年，内部资料。

机智人物故事

小班弟和喇嘛师父

从前，一个喇嘛教着一帮徒弟。喇嘛爱要威风，为人蛮横，他的小班弟可非常聪明。

一、那两个包子呢

喇嘛有个习惯：每天中午饭要吃三个肉馅的大包子。徒弟们天天轮着给师父蒸包子。可是做归做，师父的肉包子谁也休想吃上一口。这一天，轮到小弟当班了，只见他端着一个包子走到师父跟前。

“喂！还有两个包子呢，哪去啦？”

“哦，是呀是呀，还有两个包子来着。一个呢，我不知道给师父蒸熟了没有，就想尝尝，尝了一个。”

“呵！那还有一个呢？”

“是啊，是啊，是还有一个。这一个包子到底给师父做得香不香，我得试一试，就这样试一试，试一试，一直到刚刚进门前，就给试光了。”

喇嘛气得说不出话来了。

二、给师父讲“梦”

喇嘛每天晚饭后，还有吃五六个大包子的嗜好。做包子的活儿，自然由小徒弟们轮流干。有一天小班弟对他的师兄师弟们说：“弟兄们！等到我值班给师父做包子时，我能让他吃到嘴里的，只有一个，其余的包子都要吃进我的肚里。你们信不信？”

师兄弟们一听，都认为小班弟在吹牛，谁都不相信。他们争论不休，最后要以打赌看结果。轮到小班弟这天，他蒸好包子，把一个个冒着热气，喷着香味的包子摆进盘子，端到师父的面前。

“师父！弟子可以借这个机会向您请教吗？”

喇嘛师父盯着包子，漫不经心地随口回答说：“你要说什么就说吧！”

“哦，师父！是这样：大约在十天之前，我阿爸突然从大沙窝里刨出一个东西来。哎呀！这物件四四方方，金黄金黄、沉甸甸、硬硬的。”说到这里，他突然停下来一声不吭。

一听是从沙子里挖出来的，是硬硬的、方方的、黄灿灿、沉甸甸的东西。师父心里已经猜到八成。正着急要听下去，班弟却不说话了，真是可恶！他急忙把已经送到嘴边的一个包子塞在班弟手里，忙问道：“嗯，那以后呢？”

淘气的班弟不慌不忙地吃着包子说：

“哦，那以后我阿爸说，这要不是块银子，要不是石头！可我阿妈说是块金子。”班弟又停住不说了。

喇嘛师父急死了！他一着急抓起一个包子塞到班弟的手里，同时问道：

“嗨！那以后呢？”

“唔，那以后嘛，我阿爸说，要真是一块金子的话，我们就把它卖给人，得个好价钱！可是我阿妈不愿意，她的心愿是献给师父您。”

喇嘛师父听到这里，顿时眉开眼笑，不料小班弟又说：“不过，我阿爸不同意。”说完他又不开口了。

师父跳起来，又抓了一个包子塞给班弟，问：“那么，最后到底是怎么决定的？”

“唔，师父您别担心嘛！那阵我阿妈说，要一半卖给人，另一半还是奉敬给师父您。”

“到底是你阿妈为人聪明贤慧嘛！”

“可是我……”

淘气的班弟就这样绕来绕去，说个没完。包子吃着没停，盘子里只剩下最后一个了，而喇嘛师父还一直不停地“那以后”“这以后”追问个没完没了。吃饱肚子的小班弟擦着流油的嘴巴慢吞吞地说：

“后来到底怎么了，我也没弄清楚，不管怎么的，反正好像我这场梦刚刚做完，太阳就升得老高老高了。我阿爸猛踢我一脚，大声喊道：‘喂！太阳都晒到屁股蛋儿上了，还不起来吗！’我这才一下子惊醒了。”

“啊？”

三、小班弟追饼子

小班弟和别的班弟们一样，天天都饿肚皮，一年到头难得有几天是不挨饿的。喇嘛师父每天一睁开眼睛就要美美地吃喝一顿。小徒弟们吃的、喝的，老是一张薄得像纸的烙饼和一碗淡淡的黑茶。

一张薄薄的干饼怎么能填饱那些徒弟们的肚子啊！他们心里想：哎哟，什么时候能把我们的饼子做厚点儿啊！

有一天，小班弟想了一个加厚饼子的法子。他对小弟兄们如此这样那样地传授一番后，就一起等待一个起风的日子。

不久，等来了一个刮风的天气。这天，大家像往常一样一个跟着一个走进了喇嘛师父的屋子里，默默领取一张薄纸般的饼子。当大家都领上饼子走到院子里的时候，突然他们大吵大嚷，来往奔跑不停。咚的一声，好像什么庞然大物又爬上了房顶，只听得乱成一团。正在屋子里闭目静坐的喇嘛师父吃了一惊，他手忙脚乱，失声地喊叫起来：

“嗨！嗨！你们这伙小秃驴，看！房顶的椽子都给踏断了！你们是要毁掉这房子，砸死我不成？这是怎么了？我的佛爷哟，真是罪过！”

这时，小班弟在房沿上趴着对喇嘛师父喊道：“好啦，师父！没啥，您别怕！都是因为这饼子太薄了，刚一到手就让风给刮跑了，我们都追着抢饼子呐。哎呀！好不容易才抓到手呢！”

据说，自从发生了这件事以后，喇嘛师父没法儿了，只好把饼子做得厚了些。

四、吃梨

有一年，从内地来了一个汉族商人，专门用水果换取牧民的皮毛和牲畜。喇嘛师父就用一匹马换了两袋梨，给徒弟们每人一个，剩下的便一一清点清楚，牢牢记住数目，藏在炒面里储存起来。传说用这种方法存梨好几年都不会腐烂发霉。师父每天拿出两个来自己享用，小徒弟们就没这个份儿啦。

这一天师父又取出两个梨儿擦干净放在桌子

上，打算解手回来后自己享用。就在这空儿，小班弟拿起一个就吃了。

“喂，那个梨怎么没有了？”师父一进来就奇怪地问。

“那不是吗？”班弟满不在乎地指着桌上的那只梨。

“不，还有一个呢？”

“还有一个，不就是那个吗？”小班弟仍然指着那只梨说。

“桌上一共有过两个啊？”

“是哇。”

“那么一个到哪儿去啦？”

“那不就是一个吗！”

“不，还有一个哪？”

“那一个不就是那个吗！”

“嗨，有过两个梨，对不对？”

“对呀！”

“那么现在桌上有几个？”

“有一个！”

“那么，我现在问你另一个到哪里去啦？”

“我正在告诉你，那不是吗？”

师徒二人就这样搅来搅去整整过了半天，那只梨不但没有找到，而且越说越如同一团乱麻，头尾全搅不清了。师父又气又恨，可一点办法也没有。

讲述者：西日布等

搜集：索南仁青　才布西格

翻译：茫戈

此文选自乌云毕力格、跃进主编的《海西民间故事》，内部资料，1989 年 10 月。

撒谎大王

从前，有个叫达兰胡达拉齐（撒慌大王之意）的人。他为什么得了个这样的名字呢？这个故事还得从他和一个诺颜打赌一事说起。

有一天，诺颜遇见了达兰胡达拉齐就说：“听说你很会撒谎，那么今天我和你打个赌怎么样？这样吧，你趁我抽完这一锅烟的功夫能说出七十个谎言，我就送给你我这匹带鞍带嚼子的好马！”

“行啊！诺颜大人！”说着达兰胡达拉齐便和诺颜开始打赌了。

“高山峻岭刚开始凸起，江河大海刚开始涌现，太阳比我还小而且它还在我脚下的时候，那些又长又大的蟒蛇等大动物各个还是细小的线头儿，那些巨大的檀香树等还是嫩嫩的小幼苗，也就是说太可汗还是个吃奶的婴儿，达赖喇嘛刚当班弟，我父亲还没有生下来的时候吧，我就放着一群马，那就是我爷爷的马群。

一天，我去探视马群，发现到了临产期的黄骒马已离群出走，我就找黄骒马去了。找来找去找不见，我想爬上一座又黑又高的大山上准备向远处眺望，可没有想到那座大山被我踩得变成了碎块儿，什么也没有看见。我站在一片叶子上，那叶子却把我抬得越来越高，它那载重能力实在令人惊叹。接着我又上了一座座大小山岗和沙丘，可都被我踩得稀巴烂，变成了平地。没办法我又上了一棵棵无名草的叶子上，那些叶子还是那么稳稳当当的，简直要把我托到了天穹。我这才站稳双脚举目望去，发现黄骒马已越过刚凸起的高山，到了一片刚奔流起的大海彼岸，产下了脖胫长三庹的金黄的小驹子。它一边来回玩耍，一边吮吸着母乳。

如何过大海呢？我在心里想着，看了看四周的坑坑洼洼，满地散乱地摊着干粪蛋。我捡起一块干粪蛋扔到海水里，那干粪蛋一拱一拱地在水面上漂着慢慢沉到海里不见了。这可怎么办呢？我又看了看周围，散乱的石块儿也满地都是，就用脚往海水里踢进了一块大石头，石头进了海里便浮起来了。我赶紧跳到石头上，用两手划着水，平安地到达了大海那边。可到了海岸上又遇到了一个难题，如何把黄骒马抓起来呢？我想了好半天想出了一个办法。我用红柳杆做了个套马杆，用皮绳做了个套索，但刚一套住黄骒马，皮绳便被弄断了。我干脆用小白蒿的草茎做了个套马杆，用蜘蛛的小肠子做了个套索，顺利地抓住了黄骒马。

抓住了黄骠马，我可以骑上它回去，但过海时小马驹怎么办？又是个难题。想了一下，凭我的经验骑上了母马，抓起马驹子带在前面，可母马始终驮不起我们两个。犹豫了一会儿，我只好骑上了金马驹，把母马带在前面。那金马驹却像没事的样子跑起来，带着我们平安自在地渡过大海回到家里。

有一天，我去打猎。突然，半路上一头野牛穿过路当中，我赶紧用丝线套住了野牛的脖子，猛地一拉，那野牛被摔得四脚朝天，命脉断裂而死去了。我准备吃一顿香喷喷的肥肉，剥开牛皮一看原来是头瘦骨嶙峋的弱野牛。

我只得往前走，突然，随着‘嗡嗡’作响，飞来了一只大得像个三岁公牛似的黑苍蝇。我又赶紧把三股绳拿出来一套，正好套住了它的脖颈细处，然后，朝高处用脚后跟顶住大石头使劲儿拉着，不料绳子却被弄断，大石头也碎了。看来此法不对，我想着还是用蜘蛛的小肠子做套索，便把套索扬了十回，最后套住了黑苍蝇的小腿最细处。我向下坡处用脚后跟顶住一块干粪蛋使劲儿拉起来，绳子拉得伸开几米长，却没有断。宰了黑苍蝇割开皮子一看，那苍蝇肥得简直是三指加三指厚的膘，实在太肥了。这时，我肚子也饿得咕咕作响，想吃苍蝇肉，可怎么煮肉呢？想来想去旁边有几块大石头。我就把大石搬过来做火撑子，把身边的一大堆枯白的木柴捡起来生了火，烤上了苍蝇的四条腿。肉快要烤熟的时候，不知从哪儿传来了‘吱吱嘎嘎’的声音，我以为是烧柴声，原来枯白木柴不是柴禾，而是一群小鸟‘嘎嘎’叫着飞跑了。又过了一会儿，火撑子突然动了一下，我以为是做火撑子的石头在动，仔细看了看，原来不是石头，而是一群大雁簌簌地飞走了。烤熟了苍蝇肉，吃呀吃呀可没有吃完，只好就地过夜。

半夜里我睡得正熟，突然传来了‘嘀嘀咕咕’的声音，把我惊醒了。我抬起头细看，原来是我的那双皮靴子正在吵架呢。‘主人给你刷了那么多油，凭什么给我刷的油这么少！’听它们吵架，我就欠身坐起来，有错的给了一巴掌，没有错的给了两巴掌，便把两只靴子拿起来压在褥子底下又睡了。过了一会，‘叮叮当当’的声音把我吵醒了。我坐起来一看，原来火镰和刀子又在那儿吵闹着：‘主人让你吃那么多肥肉，可为什么不让我吃！’我只好又将有错的给了两巴掌，没有错的给了三巴掌。又把它们压在了枕头底下就睡下了。

早上起来我要穿靴子，可是靴子不见了。怪事！哪儿去了呢？我去所有的路口寻找它。原来，靴子是从一片草地上往南走了。无奈，我赤着脚不知走了多长时间，追呀追呀，也没有追上。我觉得又累又渴，实在走不动了，休息了一会儿，又赶紧往前走。走着走着遇见了一眼泉水，我高兴极了。但很奇怪，明明是六月夏天，那泉水怎么冻成冰了呢？纳闷了半天，我才找来了一块石头想把冰凿开取水，可打了几下石头被打碎了。没办法，我就干脆用自己的头把冰打破才喝了口水。

我又开始赶路了，不远处隐约出现了一顶毡包。原来，在那毡包里正在举行婚礼。我走进去一看，人多得很。我就从高个子的肩膀上朝下窥视，钻进矮个子的腋窝下抬头偷看着，发现我的一只靴子正在靠着酒坛向宾客献酒；另一只靴子正拿着刀子削着绵羊尾巴。这时，人们都朝我说：'无头人往上请！'。谁是无头人呢？我好奇地左右看了一下，可没有发现一个无头人。而后我又摸了摸自己的头，这才发现我的头没有了。我的头丢在哪儿了？噢，我想起来了，原来是忘在泉边了。我又原路返回找我的头，到了泉边我的头还在呢，不过它的模样儿实在有些可怕：向阳的一面冻得硬邦邦的，可阴面的已化得臭烘烘了。而且脑壳成了老鹰筑的巢穴。眼睛、耳孔、鼻孔和嘴都成了蜘蛛、蚂蚁和昆虫的巢穴。看来实在不中用了。但是，我最后还是把它拿起来使劲儿抖了抖，抖得那些该死的东西一个不留地落下来。把头重新安在脖子上时，我觉得比以前更舒适更带劲了。

从那儿我又往前走着。突然，响起了‘啪嗒啪嗒’的声音。转身走过去看，原来旱獭和鼹鼠正在吵架。‘你们俩为什么吵架？’我问。‘我们把一年的粮食已经收毕，可分粮时出现了矛盾。您来的正好，请您帮我们分分粮吧！’我给它们分粮，按一升一升分成七十袋，然后装进脖子大的皮袋里又分成了共八十袋。而后，我又继续赶路。走着走着又累又渴，头晕目眩受不了。这时，不知什么好像又‘嘎吱嘎吱’响开了。我左右察看，原来是一只鸟儿在一棵树荫下搅酸奶汁。‘请你喝了酸奶再走吧！’鸟儿说完给我接连倒了三大碗酸奶。喝过了酸奶我真是舒服极了。

又走了一会儿，我打起了瞌睡，很想睡一觉，便在一片潮湿的草坪上晒着太阳睡着了。睡得正香的时候，突然传来了‘卡吱卡吱’的响声，又把我吵醒了。我以为人家在抽打羊毛。上坡往下望去，原来是一条蜥蜴站在那儿吃瘤骨呢。又往前走着，发现不远处尘土飞扬。我以为是哪一个巴颜家可能在打谷场。走过去一看，是一群老鼠正在把洞里的尘土往外运着。离开老鼠群又走了一段路，不知哪儿又传来了敲锣打鼓声。可能在前边举行着什么联欢大会，我也赶去参加参加。我一边想，一边赶紧跑了过去。原来是一群动物为了驱魔禳灾，蝙蝠当喇嘛，土蜂击鼓，蝗虫敲锣，正在举行古里穆。[①]我问它们：'你们这是干什么呀？'

'噢，我们正在给牛圣[②]系彩绸带，给体特汗请施良[③]呢！'它们答道。

走着走着又碰上了我那十几头牛。我抓了一头光背的老黄牛骑上，可老黄牛的烈性突然发作，朝着山丘上狂奔而去，我被摔得头昏目眩。我一气之下从脱光的怀里拿出一块夏天的冻牛粪，打断了秃牛犄角，无尾的母牛吓得摆着长尾巴。

就这样我继续赶着路。路上我请了一位奄奄一息的喇嘛，让他驱走了我的灵魂；又请了一个已一命呜呼的乌鸦，让它挖走了我的双眼。”

达兰胡达拉齐讲完了七十个谎言，扫视了一下诺颜。可诺颜早忘了抽烟，陶醉于他的故事之中，静坐在他的对面。最后，诺颜无可奈何地给达兰胡达拉齐送了自己带鞍带嚼子的心

---

① 古里穆：喇嘛教驱魔禳灾等的一种宗教活动。

② 牛圣：祭神时把马、牛、羊等献给神享用，在鬃毛或脖子上系上彩绸带。

③ 施良：用面团做的飨神供物。

爱的好马。从此，达兰胡达拉齐便成了有名的撒谎大王。

讲述者：加木苏荣　男　67岁　蒙古族牧民　格尔木市乌图美仁乡哈夏图村人

搜集：乌云毕力格

翻译：图格

搜集时间：1988年10月13日

聪明的巴悌尔沁

从前，有一位化缘的喇嘛，多才多智，十分聪明。有一天他化缘路过一片荒野，碰见了一位穷苦的牧民手里拿着一根马尾，哭丧着脸，在那里发愣。他走到跟前问道：

“哎，你怎么这样愁眉苦脸呢？”

“唉！我真倒霉，狼把我唯一的一匹马吃掉了，只剩下这根尾巴。唉，没有马怎么赶路呢？”牧人伤心地说。

“你把马尾给我，就在这儿等着，我给你一匹比你原来的马要好过十倍的马！”巴悌尔沁[①]宽慰他说。

牧人就把马尾交给了他，坐在原地等着。

巴悌尔沁走到一个艾力跟前，找到了一个狐狸洞，就把马尾的一头塞进洞里，自己坐在洞口，两手抓着马尾的另一头，佯装使劲往外拉的样子。

正在这时，一个贪得无厌的诺颜骑着一匹高头骏马飞驰而来。诺颜老远看见了巴悌尔沁，就

① 巴悌尔沁：蒙古语，即行善的托钵僧或化缘的喇嘛。

勒住马，大声斥问：

“你是干什么的？为什么拉个马尾巴坐在这个地方？”

“唉！怎么说呢，我在这儿放牧着一群马，不知怎么搞的，它们都钻进这个狐狸洞里去了，我抓着一匹马的尾巴往外拉呢。唉！幸亏我抓住了它的尾巴，要不，它早就钻进去了！”巴悌尔沁回答说。

“你的马是怎样的马？善跑吗？”贪婪的诺颜问道。

“骑上它，一天可以绕地球跑七圈。它的长鬃就像山顶上的白雪那样白，它要飞跑起来，肚带偏缰是无济于事的！它的两只耳朵能盖住十峰骆驼，四蹄腾空，长鬃能挨住白云！”巴悌尔沁夸耀着说。

贪婪的诺颜一听，格外眼红，立即从马上跳下来，把巴悌尔沁推到一边，说：

“谁叫你在我的蒙古包附近放马呢！你给我滚开！”

“唉！诺颜大人，我右腿折了，不能行走。”巴悌尔沁装出无可奈何的样子说。

“扎[1]，你骑上我的马快滚开！”诺颜发财心

---

① 扎：蒙古语，一般用在句首，表示允诺的意思。在此当发语词用。

切，恨不得立即将巴悌尔沁赶得远远的。

巴悌尔沁骑着诺颜的大马，到约定的地方，把马交给了那个穷苦的牧人，自己拄着拐杖，又向前赶路了。

到了中午，巴悌尔沁又遇到了一位巴颜。巴颜头上顶着一只盛满肉和肉汤的铁锅，因为他是一位爱财如命的吝啬鬼，最怕别人拿走了自己的东西，不论什么时候，一出门就要把自己吃的东西顶在头顶上，以为别人看不见，就不会要自己的东西了。

“哎，听说你到处欺骗愚昧无知的黎民百姓。但是，你无论怎么样，也欺骗不了聪明的人。我是无人不知的智多星，你就是骗不了我！你若不服，咱们就试试看，好吗？”吝啬的巴颜看见了巴悌尔沁，趾高气扬地说。

“唉！我现在要赶路，没空儿骗你，你看，天上不是起火了吗？”巴悌尔沁说。

巴颜信以为真，就抬起头来向天上眺望，头上的一锅肉和肉汤全都倒在了地上。巴悌尔沁笑着说：

“我是欺骗不了你的，因为你是无人不知的智多星嘛！可是，我也听人说过凡是自命不凡的人，都是笨驴！”说着轻蔑地看了一眼巴颜，就大大咧咧地走了。

巴颜面红耳赤，两唇哆嗦，是生气还是后悔，他却没有吐出一句话来。

1956年春，原西北民族学院预科蒙古班青海省刚察县籍15岁蒙古族学生金巴讲述，贾晞儒记录翻译。此文选自贾晞儒编《青海湖畔的传说》，1981年5月青海人民出版社出版。

笑 话

穿绸缎不会受冻

从前，有一个穿绸缎长袍的富人出门赶远路。日落西山时，他来到一户穷苦人家借宿。这一家虽然很穷，但拿出了家里仅有的一点好东西招待了客人。睡觉时，主人拿出自己最好的一件白皮袍叫客人盖。富人怕弄脏自己的华丽长袍，拒绝了主人的好意，说是要到毡包外面去睡觉。主人担心寒冬的夜晚会把他冻坏的。但富人却傲慢地说："穿绸缎的人不会受冻的。"就这样，他到外面睡觉去了。

快到半夜时，富人在外面喊："我走了，我走了！"主人真以为客人要走，便说："别走了，等天亮后，喝碗热茶再走吧！"

谁知，天亮后主人出去一看，富人早已冻死了。

讲述者：那文　男　蒙古族　格尔木市乌图美仁乡人

搜集、翻译：乌云毕力格

搜集时间：1988 年 10 月 6 日晚

生长的好饭

有一位老头儿，初次进县城。他在街上逛了半天，觉得肚子饿了，便走进了一家饭馆吃饭。饭馆的老板见他进来就问："老乡你吃什么饭？"老头说："随便，吃什么都可以。"老板又说："那就请你坐下，吃饺子吧！"说完便给老头子端来了一碗饺子。老头接过碗，吃起了饺子，边吃边说："这饭真好吃！"老头感到很满意。

过了几年，老头子又来到县城。在街上来回闲转，又想起了那年在饭馆里吃的那碗饺子，便走到一家饭馆里准备好好吃一顿。饭馆的老板见了他，满面笑容地迎上来，问老头："您吃什么饭呢？"老头忘了上次吃的那碗饺子叫什么，就说："我要吃把剁碎了的肉包在面里的那种饭。"饭馆的老板想了半天，才猜出他说的意思，就给老头端来了一大碗包子。他吃得津津有味。

老头吃饱了就自言自语道："这好吃的饭，没吃已经好几年了，那次吃的时候，又瘦又小，如今长得又肥又大了。"

讲述者：迭西东德布　男　26岁　蒙古族牧民

搜集、翻译：跃进

搜集时间：1988年9月

尕媳妇放屁

很久以前有个化缘的阿卡[1]，化缘来到了一户人家，当时家里只有一个年轻的媳妇和一个小姑娘。尕媳妇在忙着烧火为阿卡烧茶做饭时放了一个屁，然后羞得跑到外边不好意思再进来。阿卡饥渴难忍，尕媳妇又不进来，阿卡灵机一动，想了个主意，对小姑娘大声说："丫头啊，你看个我的伴儿是不是来了？"小姑娘看了之后说没有。阿卡装作耳聋的样子，大声说："什么，来了？"小姑娘走到跟前大声说"没有"时，阿卡才装作听见了。

听了这番动静，尕媳妇想：这原来是个背耳朵阿卡，丫头那么大声说话他都没听见，我放屁他肯定没听见。于是小媳妇放下心来，进家里给阿卡烧茶做饭，让阿卡吃了个饱。

饱餐一顿的阿卡走的时候却对尕媳妇说："尕媳妇，现在你别说是放屁，就是拉屎我也没意见"。

① 阿卡：僧人。

讲述者：生格　男　68岁　托勒乡托华村人

搜集：才向东　李启录　杨淑贞　王玉琼　道布加

翻译、整理：道布加

搜集时间：2006年5月11日

背门板的儿子

从前，有一户人家只有母子二人。一天，妈妈有事外出，就给自己的儿子装满了一口袋干肉，嘱咐说："孩子，我要出门去，你不要远离家门，看好家。肚子饿了，就吃这些干肉。"

儿子按照妈妈的吩咐，坐在门口，一边吃着干肉，一边独自玩耍。这时，一帮游客来到他家，他就将游客请进家里，自己卸下包门[①]背在身上，找妈妈去了。

妈妈看见自己的儿子背着一扇大门，心里十分惊诧，就问："喂，你这个畜生，为啥要把门卸下来，背在背上呢？"

孩子急忙解释说："你不是告诉我不要远离家门吗？我们家里来了客人，我要找你，就把门背上来了。不然，我不是远离家门了吗？"

1955 年冬，原西北民族学院预科青海省祁连县籍 15 岁蒙古族女生才世吉讲述，贾晞儒记录翻译。此文选自贾晞儒编《青海湖畔的传说》，1981 年 5 月青海人民出版社出版。

① 指蒙古包上的木门。

诺颜断官司

有两位闹事者撕打起来，其中一位就去找诺颜告状，说对方把他的胳膊咬破了。诺颜把被告人叫到跟前问道：

“你为什么要咬破他的胳膊？”

被告人回答说：“不是我咬破的，是他自己故意咬伤来陷害我的。”

一个说是他咬伤的，一个说不是他咬伤的，两人争辩不休。诺颜回到家里，就和自己的老婆商量。他老婆一听，讥笑似的说：“好我的诺颜大人哩，这么个案子还值得问我？你看他胳膊上的伤口是朝外还是朝里。如果朝里，就是他自己咬的，如果朝外，那就是对方咬的。”

诺颜一听，高兴得跳了起来，连声说道：“好我的太太哩，你真聪明！”

第二天，诺颜开庭审判，他一看那个伤口是朝里的，立刻训斥道；“这个伤口是你自己咬的，为什么要诬告好人？”说着，他就叫人把原告拉下去狠打五十大板。

此事很快就传了出去，艾力[1]的人们都赞不

① 艾力：蒙古语，牧村，亦指蒙古包群。

绝口，说诺颜明察秋毫，审案有方，谁也不再说诺颜是个糊涂官了。

但是，没过多久，又有人跑来告状说：他的仇人把他的鼻子咬破了。

诺颜听完了原告人的控诉，又看了看他鼻子上的伤口，立刻断定说："你这是诬告好人！明明是你自己咬的，为什么说是别人咬的呢？"

原告一听，咚地一声跪在地上，苦苦哀求说："诺颜大人，明镜高悬，我自己的嘴巴怎么能咬了自己的鼻子呢？"

"那还不容易，你蹬上马镫不就够着了？"……

1954年春，原西北民族学院文工团青海省海晏县籍21岁蒙古族演员刚青讲述，贾晞儒记录翻译。此文选自贾晞儒编《青海湖畔的传说》，1981年5月青海人民出版社出版。

和王爷斗智

从前，有一个王爷，听到所有的巴颜和牧人巴拉桑斗智都惨遭失败，气得他肺都快要炸了，但又无可奈何。有一天，王爷骑着高头大马外出溜达，不料在路上碰见了巴拉桑，他歪着身子，耀武扬威地说：“你这个畜生，一贯歧视、挖苦我们富人，今天，我就要看看你那三寸不烂之舌能不能把我从马背上请下来！你如果能把我请下来，我就放你，否则，我就要立即把你抓起来！”

巴拉桑满脸笑容地说：“我这个无名小卒，就是长上七个嘴巴也不能把王爷从坐骑上请下来，我只能把大人请上坐骑。”王爷一听，噔地一下从马背上跳了下来，大耍威风说：“扎！我现在下来了，你就把我往马背上请吧！”巴拉桑捧着肚子哈哈大笑，说：“扎！王爷大人，我不是把你请下来了吗？”

1955 年冬，原西北民族学院预科蒙古班青海省乌兰县籍 15 岁蒙古族学生朋次海讲述，贾晞儒记录翻译。此文选自贾晞儒编《青海湖畔的传说》，1981 年 5 月青海人民出版社出版。

和王爷打赌

王爷被巴拉桑挖苦，被戏弄得无可奈何，满肚子的气没处发泄，心想：总得找个机会，想个办法狠狠报复巴拉桑一下。

一天，王爷把大伙儿都叫到一起，当众取出两片纸，铺在地上，然后又在每片纸上扣了一只碗，对巴拉桑说：

“现在，我要和你打赌，这两只碗下面都有一片纸，在一片纸上面写的是“赢”，在另一片纸上面写的是“输”。你如果把碗一取，是“赢”，我给你十匹骏马，如果是“输”，你就要给我十匹骏马，你看怎么样？”

就在王爷说话之间，深知王爷诡计多端的浩尼钦[1]，悄悄地给巴拉桑说：“别上当，那两片纸上都写的是‘输’。”巴拉桑向他示意：“谢谢你，我知道了！”便大摇大摆地走到碗跟前，伸手取出一只碗下的纸片，放进嘴里吞掉了，说：“我的已经放到嘴里了，剩下的这个就是你的了。”说着，便当众取掉了那个碗，让大家看，一个醒目的“输”字便亮在大家眼前。巴拉桑笑着说：“既

① 浩尼钦：蒙古语，即牧羊人。

然你的是‘输’字，我的当然是个‘赢’字了！”说完就牵着王爷的十匹骏马扬长而去。

王爷眼睁睁地看着巴拉桑牵去了自己的十匹骏马，气得像烈火烧心，但又无可奈何。这真是毒蛇中自身的毒而发黄，坏人因自家的奸诈而遭殃。

此文选自贾晞儒编《青海湖畔的传说》，1981年5月青海人民出版社出版。

锅的故事

从前，有一个穷小伙子和巴颜是邻居。

一天，穷小伙子借了巴颜的一口大锅煮饭，七天以后，小伙子还给巴颜一口大锅和一口小锅。巴颜十分惊奇地问：

“我的大锅上怎么套了一口小锅呢？”

“你的大锅怀孕了！”穷小伙子笑着说。

巴颜一听，十分高兴，就说：“太好了！你以后需要的话，再来拿，不必客气！”他装作十分慷慨。

过了几天以后，穷小伙子又来借巴颜的一口最大的锅，巴颜十分高兴，连忙把那口大锅借给了穷小伙子。

时间一天一天地过去了，巴颜一直盼着穷小伙子给他还锅。但是，半个月过去了，还不见穷小伙子来，心中十分纳闷，就亲自跑到穷小伙子家里要去了。

穷小伙子一见巴颜来了，就装作十分伤心的样子，迎向前去说：“唉！真孽障[①]，你的锅死了！”

① 孽障：青海方言，此处当“不幸”讲。

巴颜一听，暴跳如雷，质问道：“哎！你这个蠢东西，胡说什么？锅怎么能死呢？”

穷小伙子看着巴颜生气的样子，不慌不忙地说：“巴颜老兄，你只相信锅会生儿子，就不相信锅还会死吗？”

巴颜无言以对，只得红着脸回去了！

1955年冬，原西北民族学院预科蒙古班青海省门源县籍14岁蒙古族女生色日吉米德格讲述，贾晞儒记录翻译。此文选自贾晞儒编《青海湖畔的传说》，1981年5月青海人民出版社出版。

学打猎

草原东头住着个小伙叫诺木洪，一心要学会打猎，可他连猎枪都不会放。

草原西头住着个小伙叫巴特尔，打得一手好枪法。他总想背着猎枪去打猎，可又愁着没一个和他做伴的人。

有一天诺木洪和巴特尔相遇了，两人都说出了心里的话，高兴得抱在一起在草原上打滚儿。两人约定一起去打猎。

正是春天的时候，两人各自骑上心爱的枣骝马，向深山里走去。巴特尔对诺木洪说："打猎先要看风向，发现了猎物就往风口下面走，然后再逆着风慢慢向猎物靠近。"诺木洪牢牢记在心头。不一会，他们看见小溪旁，有一只黄羊在喝水。两人忙向风口下面移。巴特尔把马缰绳交给诺木洪，自己顶着风一步一步向前挪近，找到一个好位置，架起枪，屏住呼吸，瞄准黄羊要开枪。

就在这时候，风向突然变了。诺木洪一见急了，挥手大喊："巴特尔，快起来，风向变了……"不等他喊完，喝水的黄羊掉头跑得无影无踪了。

巴特尔只好收起枪，哭笑不得。

夏天到了的时候，诺木洪才感到上次打猎全怪自己坏事，便跑去找到巴特尔请求他的原谅，再带自己去打一次猎。

这次两人都没骑马，徒步去打猎。巴特尔对诺木洪说："你跟紧我，趴在我身边看我怎样打倒那只暴烈的野牛。"

很快他们找到了野牛活动的地方。诺木洪静静地趴在草丛里，望着野牛一步一步走过来，心里想：这么大一头野牛呀！猎到它该怎么分呢？最好是从中间劈开，一人一半最公平。唉呀！如今正是夏天，天太热了，分下的牛肉放不住。对，最好撒上盐腌一下。巴特尔一定还没想到这事呢！得告诉他。他伸出手拉住巴特尔的肩膀说："牛肉最好用盐腌一下才能多放点时间。"

巴特尔瞄准野牛正要扣动板机，诺木洪一说话，野牛听到响动，头也不回地钻进了草蒿里。巴特尔气得收起枪，扭头一个人跑回了家。

冬天的时候，下起了大雪，诺木洪听说雪天打猎最有趣，就跑到巴特尔家一边认错，一边请求他再去打一次猎。

巴特尔说："等外面下的雪变成了红色，我再带你打猎去吧！"

诺木洪回到家目不转睛地望着雪，等着雪变成红色。可他始终没能看到这个变化。

讲述者：才仁巴力　男　36岁　蒙古族

搜集：郭晋渊

此文发表于《青海民族民间文学资料》1983年第二辑

喇嘛讲故事

从前有个喇嘛，有一天化缘来到一户人家，天色已晚，准备投宿。主人一见是个化缘的穷喇嘛，只倒了一碗清茶，其他什么也没有。喇嘛喝完茶，主人叫他再喝一碗时，喇嘛装着很着急的样子说：“不喝了，我还得赶到前面一家去讲故事哩。”主人一听讲故事，就说：“唔，原来您会讲故事呀！那么您别走了，给我们也讲讲吧！我们也爱听故事。”喇嘛故意说：“不行，不行，我有约在先，怎么能骗人家呢！”说着装作要走的样子。原来这家主人却有个爱听故事的嗜好。主人为了听故事，再三挽留喇嘛，对他说：“你还是住在我们家讲讲故事吧！明天到他们家去讲也不晚嘛！”说着，盛情地端来酥油奶茶，并为他准备丰盛的晚饭。主人边做饭边请他讲故事。喇嘛却说：“着什么急呀！等吃过饭再讲嘛。”

饭后，主人又催促他讲。喇嘛说：“还是躺下来慢慢讲吧！”主人只好给他铺好床。睡下后，喇嘛开始讲道：“从前，有个喇嘛在通往拉萨的路上走呀，走呀”，说完这一句就没有声音了。主人问：“那后来呢？”喇嘛“嗯”一声，接着说：“就这样走的时候，发现路边有个鼠洞，洞口蹲着一只老鼠在东张西望。”说到这里，他又停下来一言不发。主人急得又催问：“那后来呢？”喇嘛不耐烦了：“什么后来怎么了的！老鼠有洞，后来钻进洞里了呗！这有什么好问的，悄悄睡觉吧！”

说完，喇嘛打着呼噜睡着了，主人气得一夜没合眼。

讲述者：加木苏荣　男　67岁　蒙古族牧民　格尔木市乌图美仁乡哈夏图村人

搜集、翻译：乌云毕力格

搜集时间：1988年10月13日

羊肠噎住的女婿

有两家牧人的子女订了婚。有一天，未婚女婿来到亲家看望未婚妻，主人为了款待好女婿，特意宰了一只肥壮的绵羊，将下水灌成香肠，并挑了最好吃的香肠放在女婿面前让他吃。

女婿为了讨好丈人，装作一副很谨慎有礼的样子客客气气地吃了一两口，就稳重踏实地坐在那儿。突然，丈人家的油灯变得昏暗了，女婿趁机拿起刀子割了一大块肥香肠，塞进嘴里。由于塞得太多，咽不下去，香肠噎在喉咙里。这时，他又是慌张，又掩饰不住窘相，假装伸着脖子往蒙古包天窗瞧的样子，费了好大劲才咽下肚里，然后以漫不经心地口吻说："您家的这个天窗的木材是哪个地方的料啊？"

这时，两位老人没有注意到他刚才的所做所为，而姑娘却看在眼里，便讽刺道："制作天窗的木料是西部的头等木料，肥油的羊肠是红头绵羊的大肠，能吃能咽下的是好女婿的喉门，装模作样的是小人的能耐。"

讲述者：加木苏荣　男　67岁　蒙古族牧民　格尔木市乌图美仁乡哈夏图村人

搜集：乌云毕力格

翻译：点巴

搜集时间：1988年10月

后 记

蒙古族具有悠久的历史与丰富的文化。在蒙古族文化中，民间文学占有重要地位。蒙古族民间文学源远流长，它是蒙古族文学的源头和基础，对后世的文学艺术和精神生活有巨大影响。青海蒙古族跟别的地区蒙古族人民一样，创作了大量的内容丰富、形式多样的民间文学。民间故事是蒙古族民间文学的重要组成部分。它是历代蒙古族人民的集体智慧，是群众一代一代口头流传下来的，在劳动人民中有深厚的基础，它不仅是口头文学作品，而且是蒙古族先民早期历史和社会生活的缩影。

青海蒙古族的民间故事不仅数量多、种类齐全，而且具有地方特色。如青海蒙古族民间故事中的《神话传说》《幻想故事》《动物故事》《精怪故事》《生活故事》《机智人物故事》《笑话》等赞颂了勤劳勇敢、建立了丰功伟业的蒙古族先民，赞美了大自然，歌颂了劳动和爱情，反映了当地蒙古族人民战胜自然灾害、反抗压迫，追求美好生活的伟大精神，充分表现了人民的无穷智慧和才能。蒙古族人民有着丰富的想象力，海阔天空幻想驰骋，几乎成为民间故事传说的主要成分。我们从蒙古族神话传说、幻想故事、动物故事、精怪故事等民间故事传说里可以发现奇妙大胆的幻想和对理想的追求。故事中主人公能捉巨禽猛兽，又能拔太阳的毛发；能举起大山，能吞吐江河；天上仙境、海底龙宫，出入无阻，来去畅通。在这种幻想下，人可以有多样的变化，还能死而复生；一面镜子能变汪洋大海；一张羔皮、一个小盒子能变成九层水晶宫或满山遍野的牛羊；连鸟兽骏马以及猎狗都可以帮助主人公克服一切困难，战胜妖魔和敌人。蒙古族人民，在长期放牧，狩猎的生产生活中，还创造了许多丰富多彩的生活故事、机智人物故事及笑话。

人类创造生活，生活孕育文化，有生活就会有文化。民间艺术是中华文化宝库中的奇葩，历来陶冶人们情操、抒发美好理想、丰富精神享受，是加强道德建设、塑造共同理想信念的重要而特殊的手段，在推动社会发展进程中承担着神圣责任。民间故事传说的内容丰富、寓意深刻、趣味横生、别具特色，是劳动人民智慧的结晶，具有鲜明的思想内容和强烈的感染力量，具有一定教育意义。

青海蒙古族民间故事主要流传于青海省海西州格尔木市、德令哈市、都兰县、乌兰县、大柴旦行委、茫崖行委及海北州祁连县、海晏县、黄南州河南蒙古族自治县等地（市县）内聚居的蒙古族人民当中。此书的出版，对青海蒙古族的政治经济、历史文化、宗教信仰、民俗习惯的研究具有一定的史料价值。

《青海蒙古族民间故事精选》的出版，得到了青海人民出版社领导和编辑的关心和大力支持，是青海蒙古族同胞展现本民族民间文化的一个好机会和好平台。本书是众人劳动的成果。除参加搜集翻译的学者外，还有很多说唱艺人，因为本书所用的大量资料，是来自他们的劳动成果。在此，向为本书的出版而付出辛劳的同志们表示衷心的感谢！

由于编者水平有限，翻译工作经验不足，书中难免有疏漏和错误。恳请有关专家和广大读者批评指正。

编　者

2014 年 1 月 15 日